D1867178

Weitz & Weitz

Saure Äpfel

Ein Provinzkrimi

von Ruth Weitz

Nicht jede Frau,
welche das Feuer anbläst,
will kochen.

Ovid

Alle in diesem Buch geschilderten Handlungen und Personen sind frei erfunden. Ähnlichkeiten mit lebenden oder verstorbenen Personen wären zufällig und sind nicht beabsichtigt. Die Schauplätze der Handlung entsprechen jedoch weitgehend der Realität.

Prolog

Ein schöner, ja beglückender Abend lag hinter ihr. Sie hatte sich mit Freunden in der »Quelle« getroffen. Es wurde viel gelacht, und es war spät geworden. Dennoch hatte sie keine Lust, jetzt schon vom Lokal in der Stadtmitte zu ihrer kleinen Wohnung in der Königsberger Straße zu gehen. Es war eigentlich ein recht beachtliches Stück, das sie zu laufen hatte. Sie empfand es eher als kurzen Spaziergang, denn sie war jung und voller Energie.

»Was kann ich an diesem angebrochenen Abend noch anstellen?«, fragte sie sich. Sie fühlte sich kein bisschen müde, obwohl es schon auf Mitternacht zuging.

***

Der Wirt des Lokals wollte Feierabend machen. »Leut', ich hab' en lange Daach hinner mir un' muss moije ganz früh uffsteh'n, also macht euch uff die Socke'!« Er winkte mit dem Geldbeutel in der Hand. Ein unmissverständliches Zeichen, jetzt kassieren zu wollen.

Als alle bezahlt hatten, erhoben sie sich nahezu gleichzeitig von den Plätzen. Mit den üblichen Banalitäten, Küsschen links und Küsschen rechts, verabschiedeten sie sich und gingen in verschiedenen Richtungen davon.

Der Abend war lau. Der süße Duft des blühenden Holunders schmeichelte ihrer Nase. »Die Nacht ist viel zu schön, um gleich ins Bett zu gehen«, dachte sie und beschloss, einen Spaziergang durch das Brunnental zu machen, das Naherholungsgebiet der Stadt. Sie würde eine gute Stunde unterwegs sein, um die geplante Route durch die Grünanlage und dann das letzte Stück am Ende der Stadt zu ihrer Wohnung zu gehen. Am nächsten Tag hatte sie frei und konnte ausschlafen. Wenn der Tag genauso sonnig würde wie heute, dann würde sie ihn im Schwimmbad verbringen. Das Leben war schön!

Jetzt wollte sie am Äschersbach entlanglaufen und dann zurück über die Alsfelder Straße den Weg in Richtung Ziegelberg einschlagen. »Ja, das ist eine gute Idee!«, wisperte sie zu ihrer eigenen Bestätigung. Eine kleine Taschenlampe hatte sie immer dabei, die sie notfalls einschalten konnte, wenn sie in der Dunkelheit nicht genug sah. Es war Vollmond, und ihre Augen hatten sich schnell an die Lichtverhältnisse gewöhnt. Der Weg war im Mondlicht gut zu erkennen.

Eine halbe Stunde war sie bereits gelaufen. Sie lauschte den Geräuschen der Nacht, sog den Duft der Blüten ein, die sich jetzt, im Frühsommer, in all ihrer Pracht entfaltet hatten. Sie horchte auf. Waren das Schritte, die sich näherten? Das konnte nicht sein! Wer außer ihr kam auf die Idee, mitten in der Nacht durch das Brunnental zu laufen? Sie sah sich um. Tatsächlich, wenige Schritte entfernt nahm sie eine Gestalt wahr. Plötzlich sprang die Gestalt auf sie zu, packte sie mit starkem Druck am rechten Arm. Sie spürte einen Schlag auf den Hinterkopf. Der Schmerz war unerträglich, und sie sank benommen zu Boden. Blitze tanzten vor ihren Augen.

»Was wollen Sie?«, fragte sie mit zitternder Stimme.

Eine Welle des Schmerzes durchzuckte ihren Körper, als er zutrat. Immer wieder und immer wieder. Er sprach flüsternd auf sie ein. Es waren böse, obszöne Worte, die er gebrauchte. Sie fühlte, wie alle Kraft aus ihr wich. Er hatte Spaß daran, sie zu quälen. Er genoss jeden Tritt, jede vor Hass triefende Beleidigung, die er ihr entgegenschleuderte, ihr die Kleider vom Leib riss und in sie eindrang. Er tobte sich an ihr aus. Sie litt Höllenqualen. Immer wieder verlor sie das Bewusstsein. Dann nahm sie wahr, dass er sie über die Schulter warf, bevor sie wieder bewusstlos wurde. Als sie wieder zu sich kam, war er fort.

***

Sie hatte keine Schmerzen mehr, die Ohnmacht kam über sie wie eine Erlösung. Er hatte sie in den Bauch getreten, in die Rippen, gegen den Kopf. Sein Gesicht hatte sie nicht gesehen. Sie hatte gespürt, dass es kein Unbekannter war, der ihr das antat. Die Stimme hatte sie irgendwann schon einmal gehört. Warum musste sie heute Abend noch durchs Brunnental gehen? Sie hätte auch den Weg durch die Stadt wählen können. Sie war doch noch so jung. Viel zu jung, um zu sterben. Und dann auch noch auf diese Art! Hätte es nicht ein Verkehrsunfall sein können oder eine unheilbare Krankheit? Das ist doch allemal würdiger, als so zu sterben, gedemütigt und missbraucht. Er hatte sie nicht nur vergewaltigt, sondern zischend beschimpft, getreten und geschlagen. Ihr lief Blut aus der Nase in den Mund. Es schmeckte metallisch. Jeder Atemzug verursachte höllische Schmerzen. »Lass es vorbeigehen, lass es zu Ende gehen!«, flehte sie in Gedanken. Dann fühlte sie nichts mehr. Dunkelheit umhüllte sie.

Kapitel 1

Er hatte wieder diesen Blick. »Arrogantes Arschloch«, dachte Judith Welser und stopfte die Kamera in ihren Rucksack. Es war das zweite Mal, dass sie mit dem neuen Pächter der Apfelanlage zu tun hatte. Wut und Hilflosigkeit mischten sich mit dem Gedanken, dieses Mal keine gute Story liefern zu können. Aber sie hatte nun mal den Auftrag, eine Reportage über die Apfelanlage zu schreiben und den neuen Pächter zu porträtieren. Reinfried Bärbach, der nun die Anlage bewirtschaftete, hatte sie am Spätnachmittag dorthin bestellt und ihr obszöne Avancen gemacht. Auf ihre Fragen hatte er nur mit Floskeln und schmierigen Witzen geantwortet.

Bärbach hatte vor einigen Wochen den vorherigen Pächter der Obstanlage »Amerika« mit knallhartem Verhandlungsgeschick ausgebootet. Dessen Methoden waren einigen Stadträten sowieso ein Dorn im Auge. Naturnahe Bewirtschaftung sahen sie als Spinnerei, und sie hatten dem jungen Obstbauern aus Erbach immer wieder vorgeworfen, er würde die Plantage verlottern lassen. Viele Bäume waren alt oder tot, was aber nicht an dem Pächter lag. Viele Jahre lang war die einstmals prächtige Obstanlage vernachlässigt worden. Der junge Obstbauer hätte mehr Zeit gebraucht, um sie wieder zu dem zu machen, was sie einmal gewesen war. Nun war sein Vertrag mit der Stadt Obernburg ausgelaufen und nicht verlängert worden, dank Bärbach. Er hatte nicht nur mehr Pacht geboten, sondern auch angekündigt: »Den Sauladen werde ich schon wieder auf Vordermann bringen.« Das hatte vielen Stadträten gut gefallen. Die zwei Frauen im Gremium hatten ihren Blick gesenkt, nur eine hatte beim Abstimmungsergebnis mit ihrer Gegenstimme dem deutlichen Mehrheitsbeschluss Paroli geboten.

Judith konnte nicht verstehen, dass bei der letzten Stadtratswahl nur zwei Frauen bei insgesamt zwanzig Sitzen ins Gremium gewählt worden waren, wovon eine zumeist nur schweigend dem Sitzungsverlauf folgte und in der Regel so abstimmte wie die Mehrheit ihrer Fraktion. Dabei war das Angebot an Kandidatinnen groß gewesen, darunter eine ganze Reihe von Frauen, die in ihrem Beruf Karriere gemacht hatten und nicht gerade auf der Brotsuppe angeschwemmt wurden.

»Vielleicht hat man Angst vor toughen Frauen, die das Ruder in die Hand nehmen«, hatte Judith leise vor sich hin gebrabbelt, als sie einige Tage nach der letzten Stadtratssitzung auf dem Weg zu ihrem Auto war, das sie auf dem Kirchplatz abgestellt hatte. Sie war der festen Überzeugung, das Ergebnis der Abstimmung wäre anders ausgefallen, wenn mehr Frauen statt Männer im Stadtrat etwas zu sagen hätten.

Mit Hans-Georg hatte sie sich wegen ihrer politischen Ansichten oft in den Haaren gelegen. Bei der Trennung vor einem halben Jahr von ihrem »LAG«, wie sie Hans-Georg nannte, hatte sie die Konsequenzen für die ewige Streiterei um Nichtigkeiten gezogen. Der Einfachheit halber und um Zeit zu sparen, gebrauchte Judith »LAG« als Abkürzung für »Lebensabschnittsgefährte«, denn bisher hatten ihre Beziehungen nie länger als zwei Jahre gehalten. Mittlerweile war sie fünfunddreißig Jahre alt und zu dem Entschluss gekommen, dass das Zusammenleben mit einem Mann über einen längeren Zeitraum nicht funktionieren kann, wenn er an altem Rollenverhalten festhält.

»Wir müssen beide ein Stück aufeinander zugehen«, hatte sie immer gesagt, aber meist war ihr Stück länger gewesen. Um einen Streit nicht eskalieren zu lassen, hatte sie nachgegeben und ihr Partner, zuletzt Hans-Georg, hatte dann doch seinen Willen bekommen und Judith schob Frust.

***

Als Freiberuflerin hatte sie schon genug am Hals, denn sie musste um Aufträge kämpfen, oft die Nacht zum Tag machen, wenn Redaktionen und Agenturen Texte und Fotos »just in time« erwarteten. Sie wusste, dass sie bei den Honoraren oft weit unter denen ihrer männlichen Kollegen lag, die auch immer lukrative Aufträge bekamen, während sie sich mit Alltagskram wie Stadtrats- und Gemeinderatssitzungen oder mit dem Schreiben von Artikeln über Darmgesundheit und ähnlichem Unerquicklichem plagen musste. Ihr war klar, dass noch viel Wasser den Main hinabfließen musste, bis eine echte Gleichstellung von Mann und Frau erreicht wird.

Der Ärger über Bärbach hatte sich wie eine Klammer um Judiths Hals gelegt. Im Auto legte sie die Miles-Davis-CD ein und hoffte, dass der heiße Strahl der Trompete ihr Gemüt kühlen würde. Doch auch nach zwei Kilometern Fahrt und »Time After Time« in voller Lautstärke war der Zorn noch nicht verraucht.

Zu Hause angekommen, hechtete sie die Treppen hinauf. Sie hatte Mühe, das Schlüsselloch zu treffen, nachdem sie den Schlüsselbund aus dem vorderen Verschluss der Kameratasche hervorgeholt hatte. Ihre Hand zitterte vor Anstrengung und der immer noch in ihr brodelnden Wut. Als sie endlich die Türe geöffnet hatte und in den Flur kam, stieg ihr ein säuerlicher Geruch in die Nase.

»Prima«, dachte Judith, »jetzt hat auch noch der Hund in die Wohnung gekotzt, wo meine Laune eh schon auf dem Tiefpunkt ist.« Paula, die kleine Mischlingshündin, trottete mit vor Schuld triefendem Blick auf Judith zu. »Du armes Tier kannst ja nichts dafür, wenn dein Magen verrücktspielt«, sagte Judith und ging in die Knie, um den Hund zu streicheln.

Als sie Paulas Hinterlassenschaft entfernt hatte, setzte sich Judith an ihren Schreibtisch und ging ihre Notizen durch. Bärbach war eine zwielichtige Gestalt, kein Zweifel. Der Achtundfünfzigjährige war vor drei Monaten aus Bochum nach Mömlingen gekommen. Alf Tiskiliak, ein Journalistenkollege aus Essen, hatte ihr erzählt, dass Bärbach im Ruhrgebiet als Unternehmensberater mit windigen Immobiliengeschäften viele gutgläubige Menschen um ihr Erspartes gebracht hatte. Das hatte ihm zwar eine Anklage eingebracht, aber verurteilt worden war er nicht.

»Er hatte offensichtlich beste Beziehungen zu den Spitzen der Justiz«, hatte Alf kommentiert.

Bärbachs Ehefrau Karin hatte sich vor einem halben Jahr von ihrem Mann getrennt. Von Alf hatte Judith erfahren, dass die beiden erst 2007 geheiratet hatten. Karin war verwitwet und hatte aus ihrer ersten Ehe mit Albert Kramer nicht nur ein beträchtliches Vermögen, sondern auch noch zwei erwachsene Kinder mitgebracht, die den neuen Partner ihrer Mutter nicht mochten.

»Es hat immer wieder mal Zoff gegeben, und einmal musste sogar die Polizei ausrücken, weil es zu einer Prügelei zwischen Bärbach und seinem Stiefsohn Jens gekommen war«, wusste Alf zu berichten.

***

Nun war Bärbach in Mömlingen gelandet und versuchte sich dort als Keltermeister. Apfelsaft und Apfelwein wollte er produzieren und hatte deshalb die Obstplantage gepachtet.

Judith stieß einen Seufzer aus und legte die Notizen beiseite. Es war bereits dunkel geworden. Zeit, um noch eine abendliche Runde mit ihrem Hund zu drehen. Sie schnappte sich die Hundeleine und pfiff durch die Zähne. In wenigen Sekunden kam Paula gesprintet und ließ sich die Leine anlegen.

Am nächsten Morgen wurde Judith durch das Schrillen des Telefons geweckt. Schlaftrunken wankte sie ins Büro und hob den Hörer ab. »Es ist was mit Bärbach passiert«, plärrte es aus der Muschel. Es war Dieter Murr, Leiter der Obernburger Lokalredaktion, der sich nie mit langen Vorreden aufhielt.

»Du musst los, es ist im ›Amerika‹!«

Judith kam erst gar nicht dazu, zu fragen, was eigentlich passiert war. Murr hatte bereits aufgelegt. Sie schaute auf ihre Armbanduhr. Es war gerade mal zehn Minuten nach sechs. Der Redaktionsleiter musste ebenfalls mitten in der Nacht aus dem Bett gerissen worden sein. Einige Spritzer Wasser als Katzenwäsche mussten genügen, dann in die Klamotten, die Kameratasche packen und los. Das Frühstück musste warten. Auch Paula, die müde blinzelnd durch die Badezimmertür lugte, würde so schnell nicht ihren allmorgendlichen Gassi-Gang erhalten.

Als Judith die Obstplantage erreicht hatte, wimmelte es vor Polizeifahrzeugen und uniformierten Beamten. In weiße Kunststoffanzüge gehüllte Gestalten wuselten geschäftig umher. Die Einfahrt war mit einem weiß-roten Band abgesperrt. Judith zückte die Kamera, um ein paar Aufnahmen zu machen. Zwischendurch spähte sie in die Menge, um Ausschau nach Hauptkommissar Anselm Ludenbeck von der Kripo Aschaffenburg zu halten. Zwischen den Obstbäumen entdeckte sie eine

Gestalt in einer ausgebeulten Strickjacke. Das musste Ludenbeck sein.

Judith ging zur Absperrung und stieß auf Manfred Grün, einen Beamten der Polizeiinspektion Obernburg. »Ach ja, die Frau Welser – immer dort, wo der Schwanz mit dem Hund wedelt«, sagte er und grinste sie an.

»Kann ich bitte mal mit Herrn Ludenbeck sprechen?« – Judith grinste ebenso unverschämt zurück.

»Herr Hauptkommissar, die Presse!«, rief Grün in Richtung ausgebeulte Strickjacke.

Ludenbeck drehte sich langsam um, und sein Blick traf Judith mit einer Schärfe, die Ornamente in die Luft ritzen kann. Er bewegte sich strammen Schrittes und mit ernster Miene in ihre Richtung. Als Ludenbeck vor Judith stand, sagte er: »Es ist Reinfried Bärbach. Sein Tod trat zwischen einundzwanzig und zweiundzwanzig Uhr gestern Abend ein. Er wurde vermutlich mit einem Ast erschlagen ...«

»Haben Sie schon einen Verdächtigen?«, fragte Judith.

»Nein, wir ermitteln noch«, antwortete Ludenbeck genervt.

Nach den üblichen Floskeln und einigen Aufnahmen vom Tatort sprang Judith in ihren Kleinwagen, um in die Redaktion zu fahren. Dort traf sie auf einen unrasierten und übel gelaunten Dieter Murr, der sich in seinem Büro verschanzt hatte und seinem Namen alle Ehre machte. »Mürrisch« war ein milder Ausdruck für seine Gereiztheit. Sie übertrug die digitalen Fotos ins System.

»Ich muss nach Hause, dort habe ich meine Recherchen«, sagte Judith zu Murr und schrieb das Stichwort auf, unter dem sie die Fotos abgespeichert hatte. Den Zettel drückte sie Murr in die Hand und erklärte in dürren Worten, was er damit anzufangen hatte.

Als sie ihren Wagen vor dem Haus abgestellt und nach der Haustüre die Wohnungstüre aufgeschlossen hatte, schnappte sie sich erst einmal die Hundeleine, um mit Paula Gassi zu gehen. Zum Glück hatte sie noch zwei Beutel in der Tasche, die sie aus der Hundetoilette an der Mömling gezogen hatte, um Paulas Hinterlassenschaften auf der benachbarten Grünfläche zu entfernen. Mehr als eine Viertelstunde Schnüffeln für die Hündin, ein bisschen Bewegung, Absondern von Stoffwechselprodukten und ein kurzes Durchschnaufen für Judith waren heute Morgen nicht drin.

***

Wieder zu Hause angekommen, schaltete Judith sofort ihren Laptop ein und verpasste Paula ein paar Streicheleinheiten bis das System hochgefahren war. Als sie den Text fertig bearbeitet hatte, jagte sie ihn über die Datenautobahn in die Redaktion und schrieb ein paar kurze Erläuterungen dazu. Dann rief sie Ludenbeck über seine Mobilfunk-Nummer an. Er war sofort am Apparat.

Als Judith ihren Namen nannte und kaum die Frage »Gibt's was Neues?« ausgesprochen hatte, platzte Ludenbeck heraus: »Wir haben einen Tatverdächtigen, Bärbachs Stiefsohn!«

Der Beamte erzählte Judith, Jens Kramer war am Tag des Mordes in einem Hotel in Obernburg abgestiegen und hatte für die Tatzeit kein Alibi. Er war in seinem Hotelzimmer festgenommen worden und befand sich in Untersuchungshaft. Judith schaute auf ihre Uhr: zehn nach elf.

»Können wir uns um 11:30 Uhr im Eiscafé am Obernburger Kreisel treffen?«, fragte sie.

Nachdem Ludenbeck zugesagt hatte, packte sie Laptop und Kamera in ihre Tasche und vertröstete Paula, die erwartungsvoll im Flur stand. »Du musst noch etwas Geduld haben, meine Kleine«, sagte Judith und hastete zu ihrem Auto.

Ludenbeck saß bereits bei einem Espresso, als sie im Eiscafé eintraf.

»Kramer beteuert seine Unschuld«, berichtete er. »Er gibt zu, dass er sich um 20 Uhr treffen wollte. Als er ankam, sei sein Stiefvater schon leblos unter einem Apfelbaum gelegen.«

»Was hat er dann gemacht?«, wollte Judith wissen.

»Er will spazieren gegangen sein, um den Schock abzubauen«, antwortete Ludenbeck.

Eine gepflegte kleine Frau mittleren Alters näherte sich ihrem Tisch.

»Sind Sie Hauptkommissar Ludenbeck?«, fragte sie. Ludenbeck bejahte.

»Ich bin Karin Bärbach. Lassen Sie meinen Sohn frei, ich habe meinen Mann erschlagen«, sagte sie mit einer Bestimmtheit, die keinen Widerspruch zuließ. Sie setzte sich auf den freien Stuhl neben Judith und erzählte. »Reinfried hat mich um mein ganzes Geld gebracht. Ich konnte noch nicht einmal mehr Jens' Studium finanzieren.«

Karin Bärbach berichtete, sie war ihrem Sohn heimlich nachgefahren und hatte sich unter falschem Namen im Nachbarhotel eingemietet. »In Bochum habe ich ein Telefongespräch belauscht, in dem mein Sohn das Treffen mit Reinfried ausgemacht hat.«

Sie erzählte weiter: »Ich habe meinen Wagen vor dem vereinbarten Zeitpunkt einige Meter entfernt in einem Waldweg abgestellt. Jens hat mich nicht gesehen, aber ich ihn, als er kam und als er weggefahren ist. Ich ging zu Reinfried und habe gefragt, warum er mir all mein Geld genommen hat.«

Karin Bärbach atmete tief ein, bevor sie weitererzählte.

»Er hat nur gelacht und gesagt, dass er mich nur des Geldes wegen geheiratet hat. Normalerweise würde er so eine langweilige Kuh wie mich noch nicht mal mit der Kneifzange anpacken. – Dieses Schwein! – Da lag der Ast, und ich habe ihm damit auf den Kopf geschlagen. Er fiel sofort um, und ich habe immer weiter auf ihn eingeschlagen, immer wieder und immer wieder.«

Ludenbeck kniff das rechte Auge zu. Die Augenbraue darüber senkte sich um einen knappen Zentimeter Richtung Nase. Ein deutliches Zeichen, dass er Karin Bärbach nicht so recht glaubte. Auch Judith war klar, eine zierliche Frau wie Karin Bärbach hatte wohl kaum die Kraft, einen Bären von Mann, wie Bärbach einer war, niederzustrecken.

»Um welche Zeit war das?«, fragte Ludenbeck.

»Das war gegen halb neun«, antwortete Karin Bärbach.

»Wo lag der Ast genau?«, fragte Ludenbeck weiter.

»Ich glaube, er lag unter dem Apfelbaum, neben dem ich stand.« Karin Bärbach wirkte unsicher, ihre Stimme schwankte.

Ludenbeck räusperte sich. Er setzte zur nächsten Frage an, als sein Mobiltelefon zur Melodie von Beethovens Fünfter lautstark vibrierte. Er zog es aus der Brusttasche seines groß karierten Hemdes und nahm den Anruf entgegen.

»Ja, was ist?«, fragte er nach einem kurzen Blick aufs Display.

»Mmh – aha – so, so«, seine Kommentare auf die Ausführungen des Gesprächspartners waren knapp.

»Sie haben etwas ganz Wesentliches verschwiegen«, sagte er zu Karin Bärbach, als er das Gespräch beendet und sein Handy wieder in die Brusttasche seines gesteckt hatte.

»Ich hatte eben einen Anruf von der Gerichtsmedizin und habe Überraschendes erfahren.«

Kapitel 2

Der Himmel über Romrod schien die Kirchturmspitze zu berühren. Eugen Schmiermund hatte den Eindruck, das Wetter drückte seit einer Woche nicht nur auf sein Gemüt, sondern auch auf die Landschaft. Ausschließlich dunkle, regenverhangene Wolken am Horizont und ein Wind, der ihm scharf um die Nase pfiff. »Kein Wunder, dass man zu der Gegend hier im Vogelsberg Hessisch-Sibirien sagt«, knurrte er, nachdem er seinen Spaziergang durchs Dorf, das immerhin Stadtstatus genoss, beendet hatte.

Er war hier geboren und aufgewachsen. Früher hatten seine Eltern einen Bauernhof mit Vieh und Frucht, den er im Nebenerwerb weitergeführt hatte. Er hatte Glück gehabt und war nach der Ausbildung als Postjungbote und später dann als Briefzusteller durch Fleiß und bestandene Prüfungen zum Posthauptschaffner befördert worden. Das hatte ihm den Beamtenstatus beschert, lange bevor die Post privatisiert wurde.

Nachdem er geheiratet hatte und seine Frau Liesel keinen Spaß an der Landwirtschaft fand, hatte er das Vieh abgeschafft und die Äcker verpachtet. Liesel hatte immer ein bisschen dazu verdient, die Poststelle geputzt und war der Apothekerin im Haushalt zur Hand gegangen. Die Poststelle gab es schon lange nicht mehr, selbst das Postamt in

Alsfeld war der Privatisierung zum Opfer gefallen. Liesel und er hatten immer ein gutes Auskommen. Auch nachdem er seine Pension bezog, ging es ihnen finanziell nicht schlecht, obwohl Liesel kaum einen Cent Rente bekam, denn sie war immer nur »geringfügig beschäftigt« gewesen, wie es im Fachjargon heißt. Nun war Liesel seit zwei Jahren tot, die einzige Tochter Elke lebte auch nicht mehr.

Mit fünfundachtzig Jahren war Eugen Schmiermund im Spätherbst des Lebens angekommen. Viele seines Jahrgangs hatten die Zeit alles Irdischen bereits hinter sich gelassen. Er fühlte sich einsam. Nur seine Enkelin Judith besuchte ihn ab und zu mal, rief ihn auch jede Woche an, um sich nach seinem Befinden zu erkundigen. Sie war sein einziges Enkelkind, so wie Elke auch sein einziges Kind gewesen war. Sie hatte nach Wölfersheim geheiratet, einen Bauingenieur, Klaus Welser. Eugens Schwiegersohn hatte sich auf die Sanierung und Restaurierung von historischer Bausubstanz spezialisiert und sehr gut verdient.

Es war alles Friede, Freude, Eierkuchen, bis Elke eines Tages aus heiterem Himmel zusammenbrach und starb. Ein geplatztes Aneurysma im Kopf, wie die Ärzte erklärt hatten. Damals war Judith knapp siebzehn Jahre alt gewesen. Ihr Vater hatte sie in das Internat Schloss Bieberstein in der Rhön gesteckt. In den Ferien war Judith dann oft bei den Großeltern gewesen. Als ihr Vater ein Jahr nach Elkes Tod eine neue Frau kennengelernt und sie dann auch gleich geheiratet hatte, war Judith außer sich vor Zorn gewesen. Sie wollte kurz vor dem Abitur die Schule abbrechen und nach Australien auswandern. Liesel und er konnten das nur mit großer Mühe und gutem Zureden verhindern.

Nach dem Studium der Politikwissenschaften in Frankfurt am Main mit Fachrichtung Gesellschaftswissenschaften hatte Judith ein Volontariat bei den Gelnhäuser Nachrichten begonnen und dort auch zwei Jahre als Redakteurin gearbeitet. Doch ihr Arbeitsvertrag war nur befristet.

»Ich habe auch keinen Bock mehr auf die Tretmühle und den Stress«, war Judiths Kommentar, als sie erfuhr, dass der Vertrag nicht mehr verlängert wurde.

Damals wohnte sie schon in Obernburg am Main. Sie hatte zusammen mit ihrem damaligen Freund eine kleine Wohnung in der Siegfriedstraße gemietet und pendelte täglich ins hessische Gelnhausen. Beim Angebot von Redaktionsleiter Dieter Murr, als freie Mitarbeiterin für die Lokalredaktion des Main-Boten in Obernburg zu arbeiten, hatte sie dann zugegriffen. Das war nun schon zwölf Jahre her.

Judiths Besuche waren selten, aber sie nahm sich immer einmal ein paar Tage frei, um vom Maintal in den Vogelsberg zu kommen. Sie nutzte die Zeit, in der sie keine Aufträge bekam und die sie »Saure-Gurken-Zeit« nannte. Meist hatte sie schon vorgearbeitet, über Themen und Menschen recherchiert, um die nachrichtenarme Zeit mit interessanten Beiträgen zu füllen. Sie brachte auch immer ihren

Laptop mit. An dem saß sie abends, verfasste Produktbeschreibungen und Fachartikel für Agenturen, um ihre schmale Kasse aufzubessern.

Den Freund hatte sie schon lange nicht mehr, aber die Wohnung hatte sie behalten und sich einen Hund angeschafft. Beim Telefonat gestern hatte Judith ihm über den Mord in Obernburg berichtet, der sogar in der Hessenschau Erwähnung gefunden hatte. Ein gewisser Bärbach aus dem Ruhrpott war gewaltsam aus dem Leben gerissen worden. »Bärbach, Bärbach…, wo habe ich diesen Namen schon einmal gehört oder gelesen…?«, fragte sich Eugen Schmiermund und kratzte sich am linken Ohrläppchen.

Kapitel 3

Karin Bärbach, die Hauptkommissar Ludenbeck und Judith Welser im Eiscafé aufgesucht hatte, um den Mord an ihrem Mann zu gestehen, schaute Ludenbeck erstaunt an, als er das Telefonat beendet und ihr vorgeworfen hatte, sie habe ihm wichtige Informationen vorenthalten.

»Woher wussten Sie überhaupt, dass ich hier bin und wie haben Sie mich gefunden?«, fragte er.

»Ich habe bei der Polizeiinspektion in Obernburg angerufen, dort hat man mir Ihre Durchwahl vom Kommissariat in Aschaffenburg gegeben«, erklärte Karin Bärbach. Sie erzählte weiter, ein gewisser Herr Graumann sei am Apparat gewesen, der ihr Löcher in den Bauch gefragt habe.

»Ein unverschämter Kerl«, stellte sie fest und beschrieb Graumann als unhöflichen Zeitgenossen. »Er wollte wissen, wer ich überhaupt bin und was ich von Ihnen will. Der Ton dieses Herrn zeugt nicht gerade von einer guten Kinderstube. Aber er hat dann doch damit herausgerückt, dass Sie um 11:30 Uhr einen Termin im Eiscafé am Kreisel in Obernburg in Ihren elektronischen Terminkalender eingetragen hatten.« Karin Bärbach lehnte sich zurück. »Offensichtlich hat dieser Herr Graumann Zugriff auf diese Daten.« Sie berichtete, sie habe, nachdem sie im Eiscafé angekommen war, die

Bedienung gefragt, wo sie denn Herrn Ludenbeck finden kann.

»Sie sind hier gut bekannt, wie ich feststellen konnte.«

Ludenbeck räusperte sich. »Nun ja, hier gibt es das beste Eis und den besten Espresso in der ganzen Gegend.« Er fuhr nach einer kurzen Pause fort:»Zurück zu Ihrem Geständnis, das ich schon in den Papierkorb der haltlosen Behauptungen geworfen habe.«

Karin Bärbach fiel buchstäblich die Kinnlade herunter. Ihr Gesichtsausdruck wechselte zwischen ungläubigem Staunen und Trotz. Als sie sich wieder gefasst hatte, fragte sie mit leiser Stimme: »Was meinen Sie damit, ich verstehe nicht...«

Ludenbeck setzte eine ernste Miene auf: »Ihr ehemals Angetrauter ist nicht an den Kopfverletzungen gestorben. Die wurden ihm post mortem zugefügt.«

Er nippte kurz an der Espresso-Tasse und stellte sie so heftig ab, dass Judith befürchtete, das Porzellan würde zerschellen. Außer einem lauten Klappern und einem kurzen Zusammenzucken von Frau Bärbach waren aber keine weiteren Folgen zu beobachten.

»Der Leichenfledderer von der Gerichtsmedizin hat mir gerade mitgeteilt, Bärbach war schon mindestens eine halbe Stunde tot, als er mit dem Ast bearbeitet wurde. Der tatsächlichen Todesursache ist er weiter auf der Spur. Es müssen noch verschiedene Untersuchungen abgeschlossen werden.«

Ludenbeck lehnte sich zurück und verschränkte die Arme vor seiner Brust.

»Jetzt ist glasklar, dass weder Ihr Sohn noch Sie, gute Frau, den Mann um die Ecke gebracht haben, denn Sie waren beide zum Zeitpunkt des Mordes nicht am Tatort – und wir müssen noch mal ganz von vorne mit unseren Ermittlungen anfangen.«

Die zierliche Frau fiel buchstäblich in sich zusammen. Sie stammelte: »Ich dachte, Jens hätte Reinfried auf dem Gewissen, als ich ihn leblos auf dem Gras unter dem Apfelbaum liegen sah. Da habe ich den Ast genommen und einfach noch mal zugeschlagen, damit der Verdacht auf mich fällt.«

»Da haben Sie weder sich noch Ihrem Sohn einen Gefallen getan, gute Frau!« Ludenbeck schaute Karin Bärbach streng an.

Doch schon bald glättete sich seine Miene, und sein Ton war schon deutlich weniger ruppig, als er sagte: »Nun erzählen Sie mal der Reihe nach, was vorgefallen ist. Am besten von Anfang an. Es wäre gut, wenn Sie mich zur Polizeiinspektion begleiten. Das sind nur ein paar Schritte. Es muss ja nicht halb Obernburg hören, was Sie mir zu sagen haben. Außerdem können wir Ihre Aussage gleich auf Band aufnehmen und protokollieren.«

Ludenbeck straffte seinen Oberkörper, erhob sich, rief nach der Bedienung, zog seinen Geldbeutel aus der Gesäßtasche seiner Jeans und sagte zu der herbeigeeilten Kellnerin: »Antoniella, ich zahle auch den Kaffee für die rasende Reporterin. Ich habe heute meinen sozialen Tag!«

Ob es ein Lächeln war, das die Mundwinkel des Hauptkommissars umspielte, wusste Judith nicht recht zu deuten.

»Oh, da bedanke ich mich aber recht herzlich«, flötete sie und warf dem Beamten eine Kusshand zu, bevor sie sich umdrehte und mit einem breiten Grinsen zum Parkplatz an der Annakapelle ging. Dort hatte sie ihren Wagen abgestellt.

»Jetzt fahre ich erst einmal heim und gehe mit Paula eine ordentliche Runde, um meinen Kopf freizubekommen. Schreiben kann ich auch später noch, denn die übrigen Medien sind ja noch nicht informiert«, dachte Judith und setzte ihr Vorhaben in die Tat um.

Kapitel 4

Für die Jahreszeit zu kühl, so lautete seit Tagen der Kommentar im Anschluss der Wettervorhersage nach den Nachrichten. Es war Mitte Juni, selbst im milden Maintal kletterte das Thermometer nicht über 15 Grad Celsius. Dazu pfiff ein kalter Wind, Judith ging nicht ohne Strickjacke aus dem Haus. Heute hatte sie sogar ihre Regenjacke aus dem Schrank geholt, denn ein leichter Nieselregen gesellte sich zu der sowieso schon äußerst unwirtlichen Wetterlage.

Nach den gestrigen Turbulenzen mit dem Mord an Bärbach, dem ersten Verdacht gegen seinen Stiefsohn, dem falschen Geständnis seiner Exfrau und der Erkenntnis, dass Bärbach nicht wie vermutet erschlagen wurde, sondern auf andere Art zu Tode gekommen war, schien sich der heutige Tag in etwas ruhigerem Fahrwasser zu befinden.

Judith hatte die Ergebnisse der ersten Ermittlungen ins Blatt gehoben, vorher die Online-Redaktion bedient und die Kollegen der virtuellen Berichterstattung mit reichlich Bildmaterial versorgt. Am vermeintlichen Tatort in der Apfelplantage hatte sie eine Menge Aufnahmen gemacht und dank ihrer guten Beziehung zu Alf Tiskiliak, dem Kollegen aus dem Ruhrpott, war sie auch noch an Archivfotos von Bärbach und seiner angeheirateten Familie gekommen.

Das hatte ihr sogar ein zartes Lob von dem ansonsten mürrischen Redaktionsleiter Dieter Murr eingebracht und einen Anruf des Chefredakteurs, der sich für ihren Einsatz und ihr Engagement bedankt hatte. »Das kann man von freien Mitarbeitern eigentlich gar nicht erwarten, sich so für unser Medienhaus reinzuknien«, waren seine Worte.

»Wäre schön, wenn sich das auch in barer Münze auszahlen würde«, hatte Judith gedacht, aber nicht gesagt. Sie war sich sicher, dass sie wiederholt für ein einigermaßen anständiges Honorar kämpfen musste. Ihr kam der Spruch in den Sinn: Die Botschaft hör ich wohl, allein mir fehlt der Glaube. »Man könnte meinen, der gute Geheimrat Goethe hat alle Lebensweisheiten in die Tragödie von Faust gepackt«, murmelte Judith vor sich hin.

Nach dem vergeblichen Versuch, Hauptkommissar Ludenbeck telefonisch zu erreichen, um ihm noch einige Fragen zu stellen, entschloss sie sich, nach Wörth zum Schützenhaus zu fahren und mit Paula einen längeren Spaziergang zu unternehmen. Die kleine Schifferstadt am Main gefiel ihr.

Die Mainlände mit dem Schiffermast, die Altstadt, Neu-Wörth um das Bahngelände - selbst das Gewerbegebiet hatte einen besonderen Charme. Feld und Wald boten viele Möglichkeiten, ausgedehnte Spaziergänge zu unternehmen. In den Pfingstferien, der nachrichtenarmen Zeit, war es ihr sogar gelungen, eine große Runde vom Obernburger zum Wörther Waldhaus zu laufen.

Mit einer Hand holte Judith die Leine vom Garderobenhaken, mit der anderen griff sie nach dem Schlüsselbund, der direkt daneben hing. Paula hatte das Geräusch richtig gedeutet und kam blitzartig um die Ecke geschossen, die das Wohnzimmer vom Vorraum trennte. Sie setzte sich vor Judith auf die Fliesen, hob erwartungsvoll den Kopf und wedelte so heftig mit dem Schwanz, dass Staubflusen in die Höhe stoben.

»Putzen müsste ich auch wieder mal – oder zumindest kehren«, dachte Judith, verwarf aber diesen Gedanken wieder, nachdem sie mit Paula ihren Wagen bestiegen hatte und ihn Richtung Wörth zum Schützenhaus lenkte.

»Es gibt Wichtigeres als blank geputzte Böden«, dachte sie und beschloss, lieber etwas für ihre Seele und die Gesundheit zu tun.

Zwei Stunden lang war Judith mit Paula im Wald unterwegs. Ihre Laune besserte sich mit jedem Schritt. Auf dem Rückweg hatte sie bei der Marienkapelle am Waldrand, kurz vor dem Wörther Waldhaus, eine kleine Rast eingelegt. Paula hatte derweil im Gras geschnüffelt. Es tat gut, die würzige Waldluft einzuatmen. Während sich die leichten Anflüge von Depressionen in Luft aufgelöst hatten, hatte Judith einen mächtigen Appetit entwickelt und beschlossen, im Landgasthaus Römerhof einen Happen zu essen. Paula sollte es sich derweil auf ihrer fluffigen Hundedecke im Wagen gemütlich machen.

Der Himmel war immer noch bedeckt, sodass keine Gefahr bestand, Paula brütender Sonne auszusetzen. Der Hündin war es sowieso lieber, gemütlich im Auto zu dösen, statt dem Geplapper im Restaurant ausgesetzt zu sein. In Vorfreude auf das leckere Essen pfiff Judith während der Fahrt »Im Frühtau zu Berge« und konnte sich zwischendurch ein Schmunzeln nicht verkneifen, so gut fühlte sie sich.

Judith stellte den Wagen vor dem Römerhof ab und verschloss ihn. Die Autofenster hatte sie einen Spalt heruntergelassen, um Paula etwas Frischluftzufuhr zu gönnen.

Im Gastraum angekommen, bestellte sie zunächst ein alkoholfreies Weizenbier und studierte die Speisenkarte, die ihr die hübsche und immer freundliche Kellnerin gereicht hatte. Eigentlich hatte sie schon vorab einen knackigen Salat mit Shrimps favorisiert. Doch vielleicht bot das Speisenangebot noch weitere Leckerbissen, die Judiths Gaumen schmeichelten.

Das »Day-o« des »Banana Boat Songs« von Harry Belafonte unterbrach ihre Überlegungen, entweder einen knackigen Salat oder die Gemüsepfanne zu bestellen. Ihr Smartphone signalisierte mit dieser Melodie, ein Anrufer begehrte ihr Ohr und ihr Interesse. Judith holte das mobile Telefon aus ihrer Tasche. Aus dem auf dem Display angezeigten Namen schloss sie, Hauptkommissar Ludenbeck hatte Harry Belafontes Song zum Tönen gebracht.

»Hallo, Herr Ludenbeck, schön, dass Sie sich melden! Ich sitze gerade im Römerhof und suche mir was Leckeres zum Mittagessen aus. Was gibt's Neues an der Kriminalerfront?«, fragte sie.

Die Stimme am anderen Ende der virtuellen Leitung war höchst erregt und gab Judith zu verstehen, sie müsse auf ihr Essen verzichten, wenn sie die aktuelle Entwicklung im Fall Bärbach hautnah und aus berufenem Munde erfahren wolle.

»Ich warte in der Polizeiinspektion auf Sie«, sagte Ludenbeck. Ohne auf eine Antwort von Judith zu warten, unterbrach er die Verbindung.

Kapitel 5

Ab dem Hanauer Kreuz war der Verkehr auf der A45 Richtung Gießen wie abgerissen. Arthur Grob war froh, als er sich nicht mehr auf die dicht auf dicht fahrenden Fahrzeuge konzentrieren musste. Er hatte am frühen Vormittag in Kleinostheim einen Kunden besucht und wollte nun weiter nach Grünberg, wo Elisabeth, die er Lisa nannte, auf ihn wartete. Der Gedanke an sie und ein nettes Schäferstündchen erhellte seine Miene. Als Außendienstmitarbeiter eines Landmaschinen-Herstellers erstreckte sich sein Einsatzgebiet von Nordhessen, Thüringen bis Nordbayern und das westliche Baden-Württemberg, weshalb er seine Touren strategisch planen musste.

Elisabeth hatte er vor fünf Jahren in einem Restaurant in Hungen kennengelernt. Sie hatte dort ihre Mittagspause verbracht. Sie arbeitete als medizinische Assistentin bei einem ortsansässigen Allgemeinmediziner. Arthur war damals auf der Durchreise zum nächsten Kunden in der Nähe von Gießen und angetan von dem altehrwürdigen Gebäude, hinter dessen Mauern sich eine Gastwirtschaft mit zugehöriger Metzgerei befand.

Seine langjährige Erfahrung und sein knurrender Magen ließen ihn damals anhalten und das Gasthaus frequentieren. »Wo Metzgerei und Gasthaus zusammengehören, gibt es meist gutes

Essen«, hatte er vor sich hin gebrummt, um sich selbst einen Grund zu geben, nicht weiterzufahren, obwohl er eigentlich viel zu knapp in der Zeit lag. Der Gastraum war dicht besetzt. Als er seinen Blick über die Tische gelenkt hatte, entdeckte er einen freien Platz an einem der Tische hinten links, wo eine Frau mittleren Alters, die weniger durch Attraktivität als durch extrem biederes Aussehen auffiel, sein Interesse geweckt hatte.

Er hatte die Erfahrung gemacht, dass Frauen dieser Anmutung meist einsam und zurückgezogen leben und unter deren biederer Maske sich nicht selten ein brodelnder Vulkan entwickelte, wenn das Feuer erst einmal entfacht war. Damals hatte er den Entschluss gefasst, die Gelegenheit beim Schopf zu fassen. Er war zwar verheiratet, aber das eine oder andere Abenteuer auf seinen Geschäftsreisen war eine willkommene Abwechslung. Seine Frau, die in Eisenach ein zufriedenes Leben führte, würde nie davon erfahren. Zumindest war er überzeugt davon.

So hatte er sich an jenem Mittag vor fünf Jahren an den Tisch gesetzt, an dem Elisabeth auf ihr Stammessen wartete, und ein Gespräch mit ihr begonnen. Eine Verabredung für einen gemeinsamen Abend war schnell zustande gekommen. Arthur hatte sie von ihrer Wohnung in Grünberg abgeholt und sich dann mit ihr in einem Gießener Nachtklub amüsiert. Wohlweislich hatte er seinen Wagen einige Straßenecken weiter weg von Elisabeths Wohnung geparkt, als er sie abholte und sie wieder zurückbrachte. Sie hatte wortlos akzeptiert, dass sie ein Stück laufen mussten. Kurz vor Mitternacht waren sie, wie von Arthur geplant, in Elisabeths Bett in ihrer Grünberger Wohnung gelandet.

Seine Erwartungen hatten sich damals mehr als erfüllt. Elisabeth erwies sich als höchst experimentierfreudig. Drei Tage lang erinnerte ihn ein Muskelkater an die Verrenkungen, an Stellen, von denen er eigentlich nicht erwartet hatte, dass dort überhaupt Muskeln sitzen.

Arthur Grob befand sich bereits kurz vor der Autobahnausfahrt Wölfersheim, als er die erste Nacht mit Elisabeth Revue passieren ließ. Noch ungefähr zwanzig Minuten würde es dauern, bis er in Grünberg ankam. Er konnte es kaum noch erwarten. Beinahe hätte er die Ausfahrt verpasst und fädelte sich quasi in letzter Sekunde auf die Abbiegespur ein, geriet ein wenig ins Schlingern, musste gleichzeitig abbremsen und gegenlenken, um nicht aus der Kurve getragen zu werden.

»Uff, das war knapp!«, sagte er laut und war froh, dass er den Verkehr aus beiden Richtungen an der Auffahrt auf die B 455 abwarten musste, um in Richtung Hungen weiterfahren zu können.

Den Übergang von der Wetterau, dem Waschbrettbauch Hessens, zu den Ausläufern des Vogelsbergs mit seinen Vulkanbergen mochte er gerne. Hier die weitläufige Landschaft und Kornkammer mit der Wetterauer Seenplatte, dort die Erhebungen vulkanischen Ursprungs, die auf ihren höchsten Punkten einen wunderbaren Blick in die wald- und wiesenreichen Täler des hessischen Mittelgebirges gestatteten.

Gerne legte er bei seinen Geschäftsreisen einen Zwischenstopp am Niddastausee ein und fuhr dann weiter zum Hoherodskopf, wo er den weiten Blick genoss und bei guter Fernsicht den Feldberg im Taunus erkennen konnte. Er hatte einige Kunden in Lauterbach und Umgebung, sodass es keinen großen Umweg bedeutete, die landschaftlich schönen Eindrücke fern der Autobahn zu genießen.

Heute wurde aber nichts daraus, sein Hauptansinnen bestand darin, möglichst schnell nach Grünberg zu Elisabeth zu kommen. Er musste sich zügeln, denn er wollte kein Knöllchen wegen Überschreitung der zulässigen Höchstgeschwindigkeit riskieren. In Hessen standen vielerorts die schwarz-grau gestreiften Säulen, aus denen die Blitze schossen. Wenige Wochen nach einem Blitz kam dann ein Briefchen mit Foto des eigenen Konterfeis hinter dem Steuer, ergänzt mit einer Zahlungsaufforderung.

Die Höhe des Betrags hing dann davon ab, wie hoch die Geschwindigkeitsüberschreitung war. Das konnte sogar einen Entzug des Führerscheins zur Folge haben, wenn er das Gaspedal zu weit durchgedrückt hatte.

Arthur hing diesen Gedanken nach, als er die Silhouette des spitzen Turms in Grünberg erblickte und sich nach und nach die ersten Häuserzeilen in der Peripherie der Kleinstadt zeigten. Elisabeth wohnte in Nähe des Schwimmbads am anderen Ende Grünbergs, am Ziegelberg. Er musste durch die ganze Stadt fahren und aufpassen, dass sein Gasfuß sich nicht selbstständig machte, denn kurz vor der Abzweigung standen rechts und links am Fahrbahnrand die tückischen Blitzer-Säulen. Zu oft hatte er sich hier schon ein Knöllchen eingehandelt.

Doch diesmal war kein Blitzen wahrzunehmen. Arthur stieg gut gelaunt aus dem Wagen, den er ein Stück weit von Elisabeths Wohnung abgestellt hatte. Sie wohnte im Parterre eines Zweifamilienhauses. Die Vermieter, die das Obergeschoss als Zweitdomizil nutzten, verbrachten die meiste Zeit des Jahres auf Mallorca, wo sie eine Finca im Landesinneren besaßen. Das hatte er von Elisabeth erfahren. Auf dem Weg zu ihr pfiff Arthur vor sich hin, eine schräge Melodie, die er selbst entwickelt hatte. Als er die Klingel betätigen wollte, stellte er fest, dass die Haustür offen war. Er trat ein und nahm schon im Vorraum wahr, dass auch die Eingangstür von Elisabeths Wohnung nicht geschlossen war. »Lisa, wo bist du?«, rief er. Eine Antwort erhielt er nicht. Langsam bewegte er sich vorwärts, trat durch die angelehnte Eingangstür in den Flur und rief immer wieder nach Lisa. Sie war weder in der Küche noch im Wohnzimmer. Auch das Schlafzimmer war leer. Als er die Tür vom Badezimmer öffnete, stockte ihm der Atem. Der Anblick der Szene ließ ihn erschaudern. Eine aufblasbare Puppe lag in der Badewanne zu einer obszönen Körperhaltung drapiert, die Beine weit auseinandergespreizt und mit einem Kabelbinder um den Hals, der so fest zugezogen war, dass der Kopf der Gummipuppe überdimensional groß und aufgebläht wirkte.

Doch wo war Lisa?

Kapitel 6

Nach Ludenbecks überraschendem Anruf, als sie im im Römerhof saß, und seiner unmissverständlichen Aufforderung, schnurstracks zu ihm in die Obernburger Polizeiinspektion zu kommen, schnappte sich Judith ihre Tasche, sprang auf und rief der Kellnerin am Tresen zu, sie möge das Weizenbier kaltstellen. »Ich muss schnell weg, komme aber so schnell wie möglich wieder«, fügte Judith hinzu. Sie hatte bereits den Ausgang erreicht.

»War nix mit Mittagessen«, sagte sie zu Paula gewandt, die sich nach dem Öffnen der Autotür von der Rückbank erhoben hatte und die Aussage ihres Frauchens mit einem Gähnen beantwortete. Judith musste zunächst einmal aus der Innenstadt herausfahren und über die Kreßstraße in die parallel geführte Lindenstraße einbiegen, um von dort aus über zwei Kreisverkehre zur Polizeiinspektion zu kommen.

Als sie den Wagen auf dem Parkplatz abgestellt hatte und ausgestiegen war, kam ihr Lara Kurz entgegen. Mit Lara war Judith schon lange Jahre befreundet. Sie schätzte ihren Rat und den gemeinsamen Austausch über Themen, die den meisten Männern so gar nicht passten. Lara war schon seit fünfundzwanzig Jahren Polizistin und engagierte sich ehrenamtlich für auf Abwege geratene Jugendliche. Wie Judith fand sie das Verhalten von manchen Männern Frauen gegenüber völlig daneben. Hin und wieder trafen sich Judith und Lara zum Espresso beim Italiener und luden ihren jeweils aufgestauten Frust ab. Lara beschwerte sich über ihre Kollegen, Judith über ihren Job und den ewig mürrischen Redaktionsleiter.

»Was machst du denn hier?«, fragte Lara, und ihre Miene drückte Erstaunen aus. Heute trug sie ihr langes schwarzes Haar nicht offen, sondern zu einem Zopf geflochten.

»Ich habe eine Verabredung mit Hauptkommissar Ludenbeck. Er hat mich hierher zitiert.« Judith drückte der Freundin einen flüchtigen Kuss auf die Wange und berichtete von der jäh unterbrochenen Mittagspause.

»Du, ich muss weiter, Ludenbeck hat es sehr dringend gemacht. Wir sehen uns!«, entgegnete Judith ihrer Freundin und winkte ihr im Weitergehen zu.

An der Pforte sagte sie einem der beiden diensthabenden Beamten, sie werde von Hauptkommissar Ludenbeck erwartet. »Ich weiß«, nickte der größere von beiden. »Der Hauptkommissar ist im Besprechungsraum. Mein Kollege wird Sie begleiten. Sie wissen ja, alleine dürfen Sie hier nicht unterwegs sein!« Er öffnete die Sicherheitsschleuse, und Judith ging mit dem zweiten Polizisten schnellen Schrittes zum Besprechungszimmer, in dem Ludenbeck schon auf sie wartete. Offensichtlich hatte er sich vorher die Haare gerauft, denn sie standen in alle Himmelsrichtungen vom Kopf ab. Mit etwas Fantasie wäre er als Urban Priol durchgegangen, wenngleich er über dichteres Haar und deutlich mehr Körperfülle verfügte als der scharfzüngige und wortwitzige Kabarettist.

***

»Herr Ludenbeck, hier bin ich«, sagte Judith und blickte ihn leicht amüsiert an, als sie den Stuhl ihm gegenüber an sich heranzog und sich setzte.

»Was amüsiert Sie so, Frau Welser?«, fragte Ludenbeck leicht pikiert. »Es gibt nicht den geringsten Grund, sich zu freuen und dabei zu grinsen wie ein Honigkuchenpferd!«

Judith versuchte, ihre Gesichtszüge in eine ernste Miene zusammenzurücken, wollte Ludenbeck allerdings nicht im Unklaren darüber lassen, was ihre Heiterkeit ausgelöst hatte.

»Entschuldigen Sie bitte, Herr Hauptkommissar, aber Ihre Frisur hat mich gleichzeitig irritiert und zum Schmunzeln gebracht. Sie sehen richtig wild und verwegen aus«, sagte sie, hob beide Hände in Kopfhöhe an und symbolisierte mit den Handflächen die in Unordnung geratene Haarpracht Ludenbecks.

»Hmm, so, so!«, war die knappe Antwort. Mit dem Zehnfingersystem versuchte der Kriminalbeamte, seine Haare zu glätten, was ihm nur mäßig gelang.

»Ich habe Sie hierher bestellt, weil es neue Entwicklungen im Fall Bärbach gibt und die Öffentlichkeit gefordert ist, mit sachdienlichen Hinweisen zur Aufklärung beizutragen. Dafür brauche ich Sie und Ihre Kollegen von Funk und Fernsehen.« Ludenbeck rieb sich das Kinn.

»Also«, fuhr er fort. »Wie wir bereits von unserem Leichenfledderer wissen, wurde Bärbach nicht mit einem Ast erschlagen. Wir wissen jetzt auch, was zu seinem Tod geführt hat.«

»Jetzt machen Sie es doch nicht so spannend, Herr Ludenbeck, und rücken Sie mit der Neuigkeit raus!«Judith hatte beide Hände auf die Oberschenkel gelegt und sich leicht vorgebeugt. Sie blickte den Kriminalbeamten erwartungsvoll an.

»Also gut!« Ludenbeck seufzte theatralisch. »Er starb durch eine tödliche Dosis Rizin, das er offensichtlich mit der Nahrung aufgenommen hat. Er muss starke Schmerzen gehabt haben, kurz bevor er starb. Die Frage ist, wann ihm das Rizin unters Essen oder ins Getränk gemischt wurde. Normalerweise treten die Vergiftungserscheinungen etwa vier bis acht Stunden später auf, aber dann mit Schmackes. Also muss Bärbach bereits längere Zeit im ›Amerika‹ auf der Apfelplantage gewesen sein.

Die Beschwerden hatte er später. Vermutlich sogar sehr viel später. Sonst hätte er ja Hilfe holen können. Der Akku seines Mobiltelefons war übrigens bodenleer.«

Judith zog die Augenbrauen hoch. »Und was habe ich jetzt zu tun?«, fragte sie.

Ludenbeck lehnte sich zurück. »Wir müssen herausfinden, wann Bärbach zum letzten Mal lebend gesehen wurde und was er vor seinem Tod getrieben hat. Mit wem er sich traf, womöglich zum Essen oder auch nur auf einen Drink. Wir müssen alle seine Schritte rekonstruieren, um auf die Spur seines Mörders zu kommen.«

»Soll ich das mit dem Rizin erwähnen, wenn ich eine Meldung lanciere?« Judith zog zweifelnd die Augenbrauen in die Höhe und gab sich selbst die Antwort: »Ich glaube, das wäre kontraproduktiv, denn dann würden wir den Mörder warnen, und er könnte sich eine Strategie zurechtlegen, um unentdeckt zu bleiben.«

***

»Frau Welser, ich habe Vertrauen zu Ihnen, das wissen Sie«, Ludenbeck beugte sich leicht über den Besprechungstisch und legte Pathos in seine Stimme. »Andere Journalisten würden ihr Wissen auf Teufel komm raus für eine reißerische Story verbraten. Bei Ihnen kann ich sicher sein, dass Sie nur das in die Öffentlichkeit bringen, was der Wahrheitsfindung und der Lösung des Falls dient. Ich verlasse mich auf Ihr Gespür und Ihr Feingefühl. Funk, Fernsehen und die Revolverpresse bekommen nur die Infos, die sie haben dürfen und müssen. Aber Sie sind voll involviert, Frau Welser.«

Judith schoss der Gedanke durch den Kopf, Frau Bärbach und ihr Sohn könnten wieder mit im Spiel bei der Suche nach dem Mörder sein, denn die Tatzeit hatte sich um einige Stunden zurück verschoben. »Sind nun Karin Bärbach und ihr Sohn doch verdächtig?«, fragte sie.

»Nein, beide waren noch gar nicht in Obernburg, als dem Opfer die tödliche Dosis verabreicht wurde«, antwortete Ludenbeck.

»Aha, so ...« Judith nickte kaum wahrnehmbar und bat den Hauptkommissar, er möge einen Polizeibeamten herbeizitieren, um sie hinauszubegleiten. Ludenbeck nutzte die Sprechanlage, um den diensthabenden Beamten Bescheid zu geben.

Als sie das Polizeigebäude verlassen hatte, war es bereits halb drei. Zu spät zum Mittagessen. Den in Erwägung gezogenen Salat im Römerhof musste sie vergessen. Vielleicht bot sich ja am Abend noch eine Möglichkeit. Jetzt musste sie sich an die Formulierung der Meldung setzen und Dieter Murr Bescheid geben, dass der Text für den nächsten Tag ins Blatt gehoben werden muss. Die Online-Redaktion musste sie auch noch anrufen. Sie hoffte, nicht gerade jenen Redakteur zu erwischen, der noch mürrischer war als Murr und ihr jedes Mal das Gefühl vermittelte, sie stünde geistig auf derselben Stufe wie eine Kellerassel, weil sie mit seinem Nerd-Gefasel nichts anfangen konnte.

Kapitel 7

Ein schriller Pfeifton weckte Eugen Schmiermund aus seinen Gedanken. Er hatte eine Tasse mit Gemüsesuppe in die Mikrowelle gestellt, um sie aufzuwärmen. Nun waren die drei Minuten um, und der Pfeifton signalisierte, dass die Suppe heiß war und er sie aus dem Gerät herausnehmen konnte, um sie mit großem Genuss zu löffeln. Es war sein Lieblingseintopf, hausgemacht, nicht aus der Konservendose und auch nicht aus dem Tiefkühlregal.

Judith hatte ihm bei ihrem letzten Besuch eine Riesenmenge Gemüsesuppe gekocht, die er nach dem Abkühlen in Behälter portioniert und dann im Tiefkühlschrank untergebracht hatte, um sie bei Bedarf aufzutauen und aufzuwärmen. Eugen Schmiermund war froh, dass seine Enkelin das Koch-Gen ihrer Großmutter und Mutter geerbt hatte. Immer wenn sie ihn mehrere Tage besuchte, bereitete sie ihm seine Lieblingsgerichte: Sauerkraut mit Kasseler und Kartoffelpüree, Schweinebraten mit Kartoffeln und Rotkohl, Kotelett mit Bratkartoffeln und Gurkensalat. Dazu gab es immer eine kräftige Rindfleischbrühe als Vorspeise. Samstags kochte sie dann im großen Topf, den auch Liesel immer benutzt hatte, ein Eintopfgericht. Meist gab es Gemüsesuppe mit einem guten Stück Dörrfleisch, das der Suppe den würzigen Geschmack gab. In der Metzgerei holte er sich dann eine geräucherte Kartoffelwurst.

Die Hälfte davon erhitzte er in der Suppe, die andere Hälfte verwendete er als Brotaufstrich.

Kartoffelwurst war eine Vogelsberger Spezialität, eigentlich aus der Not heraus geboren, um das Wurstbrät mit Kartoffeln zu strecken. Die Wurst schmeckte auch als Bratwurst zu Kartoffelsalat oder Kartoffelgemüse sehr gut. Geräuchert aufs Brot gestrichen oder in der Kartoffel- oder Gemüsesuppe gekocht, war sie nicht minder köstlich. Zumindest empfand es Eugen Schmiermund so, und seine Enkelin Judith hatte eine ebenso stark ausgeprägte Leidenschaft zur Kartoffelwurst entwickelt.

Mit Genuss löffelte der alte Mann am Esszimmertisch seine Suppe. Küche und Essbereich waren von einem Raumteiler getrennt. Es war ein aus hellem, lackiertem Buchenholz gefertigter Wandschrank, von beiden Seiten zu öffnen. Er hatte ihn selbst entworfen und von einem Schreiner anfertigen lassen. Das war schon mehr als fünfzig Jahre her. Den Schreiner gab es schon seit fast zwanzig Jahren nicht mehr, nur noch sein ungepflegtes Grab auf dem Friedhof.

Eugen Schmiermund war froh, dass er sich noch selbst versorgen konnte. Jeden Freitag kam Elfie Treber ins Haus, zog ihre Schuhe vor der Eingangstür aus und schlüpfte in ihre Hausschlappen, die sie aus der Einkaufstasche mit dem Blumendruck zog, die sie immer dabei hatte. Sie sorgte dafür, dass die Wohnung immer blitzblank war. Sie wusch auch regelmäßig die Küchenschränke aus, putzte die

Fenster, steckte die Gardinen in die Waschmaschine und überzog alle drei Wochen das Bett frisch. Eugen Schmiermund zahlte ihr einen guten Stundenlohn. Schon als seine Frau Liesel noch lebte, kam Elfie regelmäßig zum Putzen. Diesen Luxus hatten sich beide gegönnt.

Als er den letzten Rest der Gemüsesuppe mit dem Löffel aus der Suppentasse kratzte, schoss Eugen Schmiermund der Gedanke an den Mord in Obernburg durch den Kopf, von dem ihm seine Enkelin Judith beim letzten Telefonat erzählt hatte. Der Name, den sie erwähnt hatte, ging ihm nicht aus dem Kopf. Er hatte mal mit einem Bärbach zu tun, als er noch im Dienst war und seinen Kollegen in Grünberg vertreten musste.

Es ging damals um die Zustellung eines Wertpakets aus dem Ruhrgebiet, aus Bochum oder Essen. Das war schon fast dreißig Jahre her. Nachdem Bärbach in der angegebenen Wohnung nicht anzutreffen war, hatte ihm der Zusteller eine Nachricht in den Briefkasten geworfen. Schmiermund konnte sich noch gut an den Auftritt des jungen Mannes im Postamt erinnern.

Eine junge Schalterbeamtin hatte ihn aus seinem Büro geholt, weil Bärbach sie angeschrien und bedroht hatte. Sie wollte ihm damals das Paket nicht aushändigen, weil er sich nicht ausweisen konnte. Schmiermund hatte ihm ruhig und sachlich erklärt, dass es doch ganz einfach sei, den Personalausweis zu holen, wieder zurückzukommen, den Personalausweis vorzulegen und das Paket abzuholen.

Tatsächlich war Bärbach eine halbe Stunde später wieder im Postamt erschienen und hatte seinen Personalausweis dabei. Ob es sich dabei um den Bärbach handelte, der nun in Obernburg ermordet worden war? Eugen Schmiermund konzentrierte sich. Er hatte schon immer ein gutes Namensgedächtnis gehabt und versuchte, sich an den Vornamen zu erinnern. Gottfried..., Friedhelm..., Reinhold...? Nein, es war ein anderer Vorname, der seltener vorkam. Ah, jetzt fiel es ihm wieder ein. Reinfried hieß er. Ja klar, Reinfried!

»Ich muss Judith anrufen und es ihr erzählen«, dachte er. Das Telefon lag im Wohnzimmer auf der Ladestation. Er hatte es in der Vergangenheit immer mitgenommen, wenn er den Raum wechselte. Weil er dabei oft vergessen hatte, das mobile Gerät wieder auf die Station zurückzulegen und aufzuladen, und ihn niemand erreichen konnte, weil der Akku entladen war, ließ er das Telefon in letzter Zeit lieber auf der Ladestation liegen. »So viel Zeit muss sein«, sagte Eugen Schmiermund zu sich selbst. Er musste aufstehen und ins Wohnzimmer gehen, um ein Gespräch entgegenzunehmen, wenn die Glocke im Flur bimmelte, die mit der Telefonklingel verbunden war.

Er stellte die Suppentasse auf den Ablauf der Spüle, ging ins Wohnzimmer und griff sich das Telefon. Die Festnetz-Nummer von Judith hatte er gespeichert.

Auf dem Handy rief er sie nur ungern an. Die Verbindung war meist schlecht, und er konnte sie kaum verstehen. Nach dem vierten Klingelton schaltete sich der Anrufbeantworter ein. Er hörte Judiths Stimme, die dazu aufforderte, nach dem Piepton eine Nachricht zu hinterlassen.

Kapitel 8

Arthur Grob stand einige Minuten wie angewurzelt in Elisabeths Badezimmer und starrte auf die obszön drapierte Gummipuppe. Als er sich aus der Schockstarre gelöst hatte, dachte er darüber nach, was er nun unternehmen sollte. Schaltete er die Polizei ein, könnte das eine Menge Unannehmlichkeiten für ihn bringen. Schließlich sollte niemand von seinem Verhältnis erfahren. Aber links liegen lassen konnte er die Angelegenheit auch nicht. Schließlich sorgte er sich um Lisa. Sie war ihm ans Herz gewachsen. Eigentlich waren ihm Gefühlsduseleien suspekt. Bisher hatte er immer rechtzeitig die Reißleine gezogen, wenn eine Affäre ernst zu werden drohte.

Bei Lisa war das anders. Sie war unkompliziert, bedrängte ihn nie und war zufrieden mit dem, was er ihr bot. Und was den Sex betraf, war sie eine Rakete. Vielleicht steckte ein ehemaliger Liebhaber hinter dem Gummipuppenarrangement und hatte sich lediglich einen üblen Scherz erlaubt. Aber warum standen alle Türen offen – und vor allem: Warum war Lisa verschwunden? Es musste eine andere Geschichte dahinterstecken. Arthur Grob fühlte sich wie ferngesteuert und wankte ins Wohnzimmer. Er ließ sich auf einen Sessel fallen und starrte Löcher in die Luft. Seine Gedanken kreisten in seinem Kopf wie Satelliten um die Erdkugel.

Schließlich kam ihm die Idee, anonym bei der Polizei anzurufen und auf die offen stehenden Türen und die Gummipuppe in Lisas Bad hinzuweisen. Sein Mobiltelefon konnte er nicht benutzen, denn wie er aus vielen Krimis im Fernsehen wusste, war die Rufnummer festzustellen, auch wenn er sie unterdrückte. Also musste er einen öffentlichen Fernsprecher finden. Das war heutzutage gar nicht mehr so leicht. Im Handy-Zeitalter waren viele Telefonzellen abgebaut worden, kaum jemand nutzte sie. Selbst ältere Menschen besaßen mittlerweile ein Handy.

Er konnte sich erinnern, dass er eine Telefonzelle in der Nähe der Gallus-Apotheke gesehen hatte, als er sich beim letzten Besuch in Grünberg vor zwei Wochen Schmerztabletten besorgt hatte. Nun galt es, zu überlegen, was er der Polizei sagen sollte. Er durfte sich nicht verraten und musste die Nachricht so formulieren, dass sie glaubhaft erschien. Was war mit Fingerabdrücken? Er hatte die Türklinken angefasst, und bei seinem letzten Besuch hatte er mit Sicherheit auch einige Möbelstücke berührt. Arthur Grob geriet ins Schwitzen. Mit den heutigen Untersuchungsmethoden konnte die Kriminaltechnik DNA-Material aus Hautschuppen und Haaren analysieren. Allerdings benötigten sie dazu eine Gegenprobe zum Vergleich. Wenn er seine Fingerabdrücke beseitigte, dann verwischte er auch die des Täters, sofern er keine Handschuhe getragen hatte. Außerdem wusste er gar nicht mehr, was er alles angefasst und berührt hatte.

Lisa und er waren immer sehr diskret gewesen. Aber es war nicht auszuschließen, dass neugierige Nachbarn sie hinter der Gardine beobachtet hatten, wenn sie nach einem Besuch in Gießen bei Dunkelheit gemeinsam zu Lisas Wohnung geschlichen waren. Vielleicht war er auch heute beobachtet worden, als er vor ihrem Haus stand und klingelte. Seinen Wagen hatte er immer in sicherer Entfernung abgestellt, sodass niemand Rückschlüsse zu ihrem Tête-à-Tête ziehen konnte. Das schloss natürlich nicht aus, von einem der Anwohner am Ziegelberg gesehen worden zu sein, möglicherweise sogar häufiger und von mehreren.

Wer alle Sinne beisammen hatte, konnte leicht kombinieren, dass er und Lisa in einem engeren Verhältnis standen. »So ein gequirlter Mist«, dachte Arthur Grob, erhob sich aus dem Sessel, drehte sich noch einmal um, so, als wolle er einer unsichtbaren Person »Auf Wiedersehen« sagen, und schlich sich aus der Wohnung wie ein Dieb bei Nacht. Immer wieder blickte er um sich, ob hinter einem Fenster eine Gardine bewegt wurde oder sich in der Nähe Menschen befanden.

Ein erleichterter Seufzer entwich seinem Mund, als er seinen Wagen erreichte, mit dem Funkschlüssel die Türen entriegelte, einstieg, den Sicherheitsgurt umlegte, den Motor startete und zur Telefonzelle in der Kronengasse fuhr. Auf dem Weg brabbelte er leise vor sich hin: »Ich möchte was melden, am Ziegelberg 24, in der Parterrewohnung ist was passiert. Ich weiß nicht was, aber es ist besser, Sie schauen mal nach ...« Arthur Grob war sicher, dass dies genügte, um die Polizei zu aktivieren. Dann würde alles seinen Lauf nehmen. Er hatte Glück, einen Parkplatz ganz in der Nähe der Telefonzelle zu erwischen. Einige Minuten blieb er sitzen, um sich zu sammeln und auf dem Smartphone die Rufnummer der nächsten Polizeistation herauszusuchen.

Die Netzverbindung war gut. Er konnte über den Browser die für ihn wichtigen Daten googeln. Die Polizeistation war in der Carl-Benz-Straße. Die Telefonnummer notierte er sich mit einem Bleistift auf einem kleinen Notizblock. Beides hatte er immer auf der Ablage seines Autos liegen. Er riss den Zettel ab und stieg aus. Den Wagen verriegelte er erst gar nicht, denn es waren nur wenige Schritte zur Telefonzelle. Arthur Grob hatte immer Kleingeld in der Hosentasche. Er war erleichtert, dass es ein Münztelefon war und keines, was mit Geldkarte bedient werden musste. Er warf zwei Zehn-Cent-Münzen ein und wählte die auf dem Zettel notierte Nummer. Bereits nach dem zweiten Klingeln meldete sich eine männliche Stimme mit der Ansage, dass der Anrufer mit der Polizei in Grünberg verbunden war. Arthur sprach den Satz, den er während der Fahrt zur Telefonzelle einstudiert hatte, und hängte den Telefonhörer wieder ein.

Schweißperlen rannen ihm vom Haaransatz über beide Wangen, als er die öffentliche Fernsprechanlage verließ und in seinen Wagen stieg. Er stellte fest, dass seine Hände zitterten und er Mühe hatte, mit dem Schlüssel das Zündschloss zu treffen. Mit einem Seufzer ließ er sich in den Fahrersitz zurückfallen und atmete tief durch. Er fragte sich, wie es nun weitergehen würde, ob er Lisa jemals wiedersehen und er aus der ganzen Sache ungeschoren herauskommen würde. Sollte sich alles in Wohlgefallen auflösen, schwor er sich nun, die Affäre mit Lisa zu beenden und nie wieder eine neue zu beginnen. Er startete den Motor und fuhr auf die B 49 in Richtung Alsfeld. Er hatte zwar erst am Nachmittag einen Kundentermin. Aber ein Mittagessen im Marktcafé war nicht zu verachten, und ein kleiner Bummel durch die schöne Altstadt mit ihren eindrucksvollen Fachwerkbauten und dem imposanten Rathaus würde ihn möglicherweise auf andere Gedanken bringen. Vielleicht würde er den Weg einschlagen, der um den Erlenteich herum verlief, der sich in unmittelbarer Nähe des Alsfelder Schwimmbads befand. Mit dem angrenzenden Park war er als grüne Lunge der mittelhessischen Kleinstadt bekannt und beliebt.

»Ich werde immer mal ins Internet auf die Internetportale schauen, die Nachrichten aus der Gegend bringen«, dachte Arthur. Er hatte die Hoffnung, dass er auf diese Weise die wichtigsten Ergebnisse über das Verschwinden von Lisa erfahren würde.

Kapitel 9

Der Sommer war eingekehrt. Als Judith um die Mittagszeit auf das Thermometer schaute, das auf der Außenseite der Balkontür angebracht war, zeigte das Quecksilber siebenunddreißig Grad Celsius, und zwar im Schatten. Sie hatte alle Rollläden herabgelassen, um eine direkte Sonneneinstrahlung und so eine Aufheizung der Räume zu vermeiden. Nur auf diese Weise war zu erreichen, dass es einigermaßen erträglich in ihrer Wohnung war.

Drei Tage waren nach dem Mord an Bärbach nun vergangen. Auf die Veröffentlichung heute Morgen im Main-Boten und bereits gestern Mittag in der Online-Ausgabe hatten sich nur wenige gemeldet. Die übrigen Medien, wie das Privatfernsehen und der Hörfunk, waren ebenso erfolglos gewesen. Laut Hauptkommissar Ludenbeck, mit dem sie vor wenigen Minuten telefoniert hatte, waren keine bedeutenden Hinweise eingegangen. Ein paar Wichtigtuer und Trittbrettfahrer hätten »Unwesentliches geschwallt«, wie der Kriminalbeamte sich ausgedrückt und dabei abgrundtief geseufzt hatte.

Judith hatte Ludenbeck von dem Telefongespräch mit ihrem Großvater berichtet. Sie hatte am gestrigen Abend die Nachricht auf dem Anrufbeantworter abgehört und sofort zurückgerufen. Ihr Opa erstaunte sie immer wieder. Dinge, die schon Jahrzehnte zurücklagen, konnte er so detailliert beschreiben, als wären sie erst wenige Stunden her. Zudem verfügte er über ein erstaunliches Namensgedächtnis. Nach fast dreißig Jahren konnte er sich sogar an den Vornamen Bärbachs erinnern. Judith hatte diese Gabe nicht geerbt. Zahlen und Namen blieben nur kurz in ihrem Gedächtnis haften. Sie musste sich Eselsbrücken bauen, um sich Namen merken zu können. Bei Zahlen bedurfte es eines intensiven Trainings, beispielsweise beim Einstudieren von Geheimzahlen. Judith war froh, dass ihr die PIN ihrer Bankkarte mittlerweile in Fleisch und Blut übergegangen war und sie nicht jedes Mal in ihrer Mappe mit den wichtigen Unterlagen nachschauen musste, bevor sie zur Sparkasse ging.

Ob eine Begebenheit aus der Vergangenheit relevant für die Aufklärung des Mordes sein könnte, hielt sie nicht für sehr wahrscheinlich. Zumindest untermauerte die Geschichte in Grünberg die Beschreibung von Bärbachs Persönlichkeitsstruktur, die gelinde ausgedrückt als »uncharmant« zu bezeichnen war.

»Dieser Bärbach muss ja ein echter Kotzbrocken gewesen sein«, sagte Judith laut zu sich selbst und entwickelte sogar Mitgefühl für den Mörder, der den unsympathischen Zeitgenossen um die Ecke gebracht hatte. Eigentlich hatte er der Welt einen Gefallen getan. Nach allem, was Judith heute über Bärbach wusste, hatte er nur Unglück über seine Mitmenschen gebracht. Das bewusst und mit böser Absicht.

Der Mord war geplant und nicht im Affekt begangen worden. Der Mörder musste also jemand sein, dem Bärbach übel mitgespielt hatte. Rizin konnte im Prinzip jeder selbst herstellen, wenn er die Samenschalen des Wunderbaumes sammelte und sie zerkleinerte. »Giftmorde werden ja gerne Frauen zugeordnet«, dachte Judith. Sie war allerdings überzeugt, dass auch ein Mann zu dieser subtilen Vorgehensweise greifen würde. Das Besondere daran war, dass das Opfer nach dem Verzehr nicht sofort tot umfiel, sondern erst noch einige Stunden herumspazieren konnte, bevor er dann unter Qualen das Zeitliche segnete.

Der Mörder, so es denn ein Mann war, war schlau. Ohne Zweifel. Darauf deutete auch der leere Akku in Bärbachs Mobiltelefon hin. Dafür musste der Täter gesorgt haben. »Wer geht schon mit einem Handy aus dem Haus, das keinen Saft mehr hat«, dachte Judith. Sie selbst ließ ihr Mobiltelefon zu Hause, wenn sie an dem roten Balken auf dem Display am Batteriesymbol erkennen konnte, die vorhandene Kapazität würde noch nicht einmal ausreichen, um ein Gespräch anzunehmen oder eines zu führen. Binnen weniger Sekunden wäre die Energie verröchelt. Also musste der Mörder den leeren gegen den vollen Akku ausgetauscht haben, nachdem Bärbach sein Haus verlassen hatte. Er musste auch wissen, welche Marke und welches Modell sein Opfer benutzte, um den richtigen Akku einzusetzen. Das bedurfte entweder einer aufwendigen Recherche, oder der Mörder musste Bärbach gut gekannt haben.

Judith erinnerte sich an die Stadtratssitzung am Vorabend des Mordes. Im Sitzungssaal hatte sich Bärbach als Macher dargestellt, der die Apfelplantage im ›Amerika‹ wieder auf Vordermann bringen würde. Damit hatte er die achtzehn männlichen Stadträte und den Bürgermeister begeistern können. Die beiden Frauen im Gremium aber nicht. Sie hatten erkannt, dass es sich bei dem neuen Pächter um einen Menschen handelt, der nur auf den eigenen Vorteil bedacht ist, rücksichts- und skrupellos. Allerdings hatte nur eine der beiden Stadträtinnen, Vera Reis, ihre Zustimmung sichtbar verweigert. Eine Begründung hatte sie nicht geliefert, sondern wortlos mit »Nein« gestimmt. Dafür hatte sie giftige Blicke ihrer Kollegen geerntet, selbst von jenen aus ihrer eigenen Fraktion.

Renate Gerlach, eine der vier Stadtratsmitglieder der ULO, der Unabhängigen Liste Obernburg, hatte nur zögerlich ihre Hand zur Zustimmung erhoben und dabei den Kopf gesenkt. So, als wolle sie sagen: »Tut mir leid, eigentlich bin ich anderer Meinung.« Ein deutliches Zeichen dafür, dass sie sich dem Fraktionszwang unterworfen hatte und nicht der eigenen Überzeugung gefolgt war. Vera Reis hatte Farbe bekannt und sich nicht gebeugt.

»Vielleicht sollte ich der mutigen Frau mal etwas auf den Zahn fühlen«, dachte Judith und nahm sich vor, einen Termin mit Vera Reis zu vereinbaren. Die junge Frau war bei der Stadtratswahl vor drei Jahren mit dem zweitgrößten Stimmenanteil gewählt worden. Die Wähler hatten ihr einen

Vertrauensbonus gegeben, auch Judith. Vera Reis gehörte keiner Partei an, aber sie war auf dem Ticket der ZBU, der Zentralen Bayerischen Union, gereist, die seit Jahrzehnten die Mehrheit im Stadtrat hatte und auch den Bürgermeister stellte. Seit drei Jahren saß die widerborstige Stadträtin wie ein Stachel im Fleisch der ZBU-Fraktion. Sie vertrat oft eine gegensätzliche Meinung und unterwarf sich nicht dem Fraktionszwang. Judith hatte sie wegen des spektakulären Stimmenergebnisses noch am Wahlabend interviewt und sofort Sympathie für Vera Reis empfunden.

Völlig unaufgeregt, besonnen und klug waren ihre Antworten, frei von Phrasen und inhaltslosem Geplänkel. Vera Reis hatte sich in den vergangenen Jahren Respekt und Anerkennung durch ihr Engagement für auf Abwege geratene Jugendliche erworben. Judith wusste von ihrer Freundin Lara, wie sehr sich die Stadträtin für ihre Klientel einsetzte und dass sie mit ihrer ruhigen, aber bestimmten Art schon viel erreicht hatte. Einige ihrer Schützlinge waren zwar nicht unbedingt auf den Pfad der Tugend zurückgekehrt, aber zumindest auf einem guten Weg, ihr Leben in den Griff zu bekommen.

»Ich möchte das Vertrauen der Leute, die mich gewählt haben, nicht enttäuschen und werde die Positionen, die ich bisher vertreten habe, auch weiterhin einnehmen.« Das war die Antwort auf Judiths Frage, wie Vera Reis ihre Rolle im Stadtrat und insbesondere in der ZBU-Fraktion sieht. Bisher hatte sie Wort gehalten und war auch in der

Abstimmung für die Verpachtung der Apfelplantage ihrem Instinkt gefolgt.

Judith interessierte, welche Gedanken die resolute Stadträtin bei der Abstimmung geleitet hatten. Das wäre möglicherweise ein Ansatz, um bei den Mordermittlungen ein Stück voranzukommen. Ein Bauchgefühl, eine Intuition, brachte oftmals den Knoten zum Platzen, der sich in dem Zusammenfügen von Daten, Fakten und Indizien gebildet hatte, weil man sich ständig im Kreis drehte.

Die Rufnummer von Vera Reis hatte Judith in ihrem Mobiltelefon gespeichert. Sie hatte es auf dem Schreibtisch liegen, nahm es in die Hand und gab die Buchstaben VER in das Suchfeld der Kontaktdaten ein. Es wurden drei Namen angezeigt: Veronika Breit von der Pressestelle des Landratsamtes, Verena Klug, eine befreundete Kollegin, und Vera Reis. Judith tippte mit dem Zeigefinger auf den Namen, dann auf die Rufnummer und das Lautsprechersymbol, um frei sprechen zu können. Das Telefon legte sie zurück auf den Schreibtisch. Es vergingen einige Sekunden, bis das Freizeichen ertönte, insgesamt vier Mal. Dann hörte Judith eine tiefe, wohlklingende weibliche Stimme, die sagte: «Vera Reis, guten Tag!«

Kapitel 10

Anselm Ludenbeck saß an seinem Schreibtisch im Aschaffenburger Büro, fuhr sich mit beiden Händen durch das wirre Haar und blätterte in einem Pappschnellhefter. Es war die Akte zum Fall Bärbach. »Zu viele lose Fäden«, dachte er. Er hätte den Rechner einschalten und sich alle bisherigen aus den Ermittlungen zusammengetragenen Fakten auf dem großen Flachbildschirm anschauen können. Er hatte aber gerne etwas in der Hand, etwas Griffiges, etwas, das fassbar war und nicht virtuell in Pixel zusammengefügt.

Da waren der Stiefsohn und die geschiedene Ehefrau, Bärbachs unrühmliche Vita als windiger Geschäftsmann im Ruhrgebiet. Er hatte viele Leute über den Tisch gezogen und um ihr Vermögen gebracht. Feinde hatte der Ermordete sicher genug. Selbst im beschaulichen Oberhessen hatte er in jungen Jahren sein Unwesen getrieben. Das wusste Ludenbeck von Judith Welser. Erstaunlich, wie weit und in welchen Zeitfenstern Bärbach seine Netze ausgeworfen hatte. Drei Tage waren nun vergangen. Außer der Erkenntnis über die Todesursache war er mit seinen Ermittlungen nicht wesentlich weitergekommen. Er wollte diesen Mord unbedingt aufklären, zumal es wohl sein letzter großer Fall sein würde. Ende des Jahres würde er seine Ruhestandsurkunde in Händen halten können. Er konnte nicht sagen, dass er diesem Zeitpunkt entgegenfieberte. Aber er war insgeheim froh, endlich das zu tun, wofür ihm bisher immer die Zeit gefehlt hatte. Reisen, Lesen, die nähere Umgebung, das Maintal, den Spessart und den Odenwald zu erkunden, Konzerte und Theateraufführungen zu besuchen. Der Kriminalbeamte liebte das politische Kabarett. Bisher hatte er das Programmangebot der Hofgarten-Bühne in Aschaffenburg, der Kleinkunstbühne «Alte Knabenschule« in Stockstadt, der Kochsmühle in Obernburg oder der Zehntscheuer in Amorbach nur ganz selten nutzen können. Meist musste er die bereits gekaufte Eintrittskarte wieder zurückgeben, weil ein wichtiger Fall Überstunden erforderte. Aber er liebte seine Arbeit auch – mehr oder weniger. In Akten stöbern, die Mosaiksteine der einzelnen Details zu einem Bild zusammenfügen, bis ein klarer Eindruck entstand, der ihn auf die richtige Spur brachte, das lag ihm.

Ludenbeck verdrängte den Gedanken, dass er bald nicht mehr auf seinem abgewetzten Schreibtischstuhl sitzen und in Akten blättern würde. Wehmut befiel ihn, als ihm bewusst wurde, wie sehr er den verbale Schlagabtausch mit Judith Welser, ihren Charme und - wenn sie lächelte - ihre blitzenden blauen Augen vermissen würde. Sie war ihm ans Herz gewachsen. Gezeigt hatte er ihr das nie.

»Alter Trottel, jetzt wirst du auch noch sentimental!« Ludenbeck rollte mit seinem Stuhl ein Stück zurück, seufzte und wischte sich mit der flachen Hand über die Augen. Dieser Fall war der spektakulärste während seiner Tätigkeit bei der Kriminalpolizei in

Aschaffenburg. Bei allen Kapitalverbrechen bisher waren die Mörder schnell ermittelt worden. Die Mehrzahl der Taten geschah im Affekt oder durch unglückliche Fügungen. Der Mord an Bärbach war von langer Hand geplant und raffiniert ausgeführt.

Bärbachs geschiedene Frau und sein Stiefsohn Jens Kramer schieden als Täter aus, obwohl sie allen Grund gehabt hätten, ihn zu ermorden. Karin Bärbach verfügte weder über die Intelligenz noch über die Kaltblütigkeit, den ehemals Angetrauten auf diese Art aus dem Weg zu räumen. Bärbachs Stiefsohn war offensichtlich ein Hitzeblitz, dem durchaus zuzutrauen war, zu einem Ast zu greifen und zuzuschlagen, wenn ihn die Wut packte. Selbst die eigene Mutter hatte das als wahrscheinlich angesehen. Ein akribisch geplanter und ausgeführter Giftmord entsprach allerdings nicht seinem Persönlichkeitsbild.

Außerdem waren beide zur Tatzeit noch nicht einmal in der Nähe von Obernburg, sondern erst am Nachmittag eingetroffen, als Bärbach schon längst mit dem Rizin gefüttert worden war. Einen Handlanger zu beauftragen, die Tat auszuführen, war ebenso unwahrscheinlich. Mutter und Sohn waren finanziell ruiniert, dafür hatte Bärbach gesorgt. Wie also sollten sie einen professionellen Killer bezahlen können, ganz zu schweigen von der Schwierigkeit, einen zu finden. Wenn man sich in den entsprechenden kriminellen Kreisen nicht auskannte, stand man auf verlorenem Posten. Karin Bärbach und ihr Spross waren viel zu bieder, um sich auf diesen Pfaden zu bewegen und die erforderliche kriminelle Energie zu entwickeln.

War der Mörder Bärbachs im Ruhrgebiet zu finden, oder führte die Spur sogar in die Vergangenheit zurück? Das Opfer lebte einige Zeit in Grünberg und war dort schon in jungen Jahren unangenehm aufgefallen. Gab es eine Verbindung zu Obernburg und Umgebung? Mit wem war Bärbach hier auf Konfrontationskurs gegangen, wen hatte er so gegen sich eingenommen, dass derjenige sogar zu einem Mord fähig war?

Fragen über Fragen entwickelten sich in Ludenbecks Kopf, auf die er keine Antworten fand, und er hatte auch nicht die geringste Idee, wie und woher er diese Antworten bekommen konnte. Er musste die Akten noch einmal mit aller Sorgfalt durchgehen und jeden Hinweis beachten, der ihn auf die Spur des Täters brachte. Judith konnte ihm möglicherweise behilflich sein, die erforderlichen Mosaiksteine zur Vervollständigung eines Gesamtbildes zu erhalten. Denn sie hatte eine gute Kombinationsgabe und transportierte für Hinweise aus der Bevölkerung die entsprechenden Informationen in die Öffentlichkeit.

Bisher hatte der Aufruf in der Zeitung, über Funk und Fernsehen nichts Entscheidendes ergeben. Vielleicht sollte er sich mit den Kollegen aus Bochum und Grünberg in Verbindung setzen, um zu erfahren, wo Bärbach seine Fäden gesponnen hatte und wer mehr über ihn sagen konnte als in den Akten stand. Ludenbecks Bauchgefühl signalisierte ihm, dass die

Wurzeln in der Vergangenheit zu suchen sind und sich bis in die Gegenwart ausgebreitet hatten.

»Ein Mordplan entwickelt sich nicht von heute auf morgen, er reift erst über einen größeren Zeitraum, ruht bisweilen sogar einige Jahre, bis er letztlich ausgeführt wird.« Ludenbeck stellte überrascht fest, wie er Selbstgespräche führte. Machte ihm das Alter zu schaffen, und war er bereits so vereinsamt, dass er sich mit sich selbst unterhielt? Er musste dringend unter Leute.

Er beschloss, mit dem nächsten Bus zur Brauereigaststätte Schlappeseppel in die Schloßgasse zu fahren. Schlappeseppel-Bier gab es dort irrwitzigerweise nicht mehr im Ausschank. Aber das Lokal war urig, und man kam mit den Gästen schnell ins Gespräch, unverbindlich und ohne die rhetorischen Schnörkel eines Small Talks. Im Schlappeseppel wurde Tacheles geredet. Das brauchte er jetzt, um den Kopf freizubekommen.

Er schaltete dann doch den Rechner ein, um die Abfahrt des nächsten Busses von der Haltestelle in Nilkheim zur Innenstadt herauszufinden, von der aus er zu Fuß zum Schlappeseppel gehen konnte. Ein bisschen Frischluft tat ihm gut und Bewegung sowieso. Falls er später den letzten Bus versäumen sollte, würde er sich ein Taxi bestellen. Die Nacht würde er im Büro verbringen, wo er sich für solche Fälle und für zeitintensive Ermittlungen eingerichtet hatte. Am Morgen mussten etwas Katzenwäsche und eine schnelle Rasur mit dem in der Schreibtischschublade deponierten Elektrorasierer genügen, um einigermaßen proper vor die Menschheit zu treten.

Ludenbeck gab die Kombination »Busfahrplan Aschaffenburg« ein, und schon wechselte die Bildschirmansicht auf das gewünschte Portal. Er tippte die Daten in die dafür vorgesehenen Felder. Der nächste Bus würde in einer Viertelstunde von der nächsten Haltestelle abfahren. »Jetzt muss ich aber Gas geben, um ihn noch zu erwischen«, knurrte er.

Kapitel 11

Judith war froh, dass sie Vera Reis sofort erreicht hatte, denn sie wusste, dass die engagierte Stadträtin oft unterwegs war. Als sie nun ihre Stimme am Mobiltelefon vernahm, atmete sie erleichtert auf. Sie gab sich Mühe, nicht zu laut zu schnaufen. Aber ihre Stimme schien atemlos, als sie auf die Ansage von Vera Reis antwortete: »Guten Tag, Frau Reis, hier ist Judith Welser vom Main-Boten. Wir kennen uns bereits von einigen Begegnungen. Ich hätte gerne einige Informationen von Ihnen. Am Telefon ist das schlecht zu besprechen. Wir sollten uns treffen.«

»Gut, wann würde es Ihnen passen? Machen Sie einfach ein paar Terminvorschläge, und wir werden dann irgendeinen Zeitpunkt und auch einen Ort finden, der uns beiden genehm ist. Worum geht es eigentlich?« Vera Reis ließ eine verhaltene Neugierde erkennen.

»Es geht um eine Stadtratsabstimmung über die Vergabe der Verpachtung fürs ›Amerika‹«, antwortete Judith und öffnete den Kalender auf dem Laptop, den sie immer eingeschaltet hatte, um schnell etwas nachschauen oder eintippen zu können. »Moment, ich muss erst einmal gucken, wo ich noch Zeitlücken habe«, fuhr sie fort. »Aha, ich sehe, dass ich morgen und übermorgen noch gar keine Termine eingetragen habe. Ich muss zwar

Schreibtischarbeit erledigen, aber das kann ich mir einteilen.«

»Schön, auch mir passt es morgen gut, denn ich habe meinen freien Tag. Wollen wir uns vormittags, sagen wir so um zehn Uhr, im Eiscafé am Kreisel treffen? Da ist noch nicht viel los, und wir können in Ruhe reden.«

Judith war erfreut, so schnell zu einem Gespräch mit Vera Reis zu kommen. Als diplomierte Sozialpädagogin hatte die Obernburger Stadträtin auch beruflich und nicht nur ehrenamtlich mit Jugendlichen zu tun. Sie arbeitete im Erlenbacher Jugendhaus auf der anderen Mainseite. Aus diesem Grund war sie ständig eingespannt und hatte wenig Zeit, obwohl sie sich ihre Zeitfenster flexibel einteilen konnte. »Das ist ja prima!«, sagte Judith, »dann halten wir den Termin gleich fest. Bis morgen, um zehn Uhr im Eiscafé am Kreisel, und vielen Dank schon mal!«

***

»Gerne!«, tönte es aus dem Handy-Lautsprecher: Kurz danach hörte Judith nur noch Stakkato-Pieptöne, die darauf hinwiesen, dass der Gesprächspartner die Verbindung unterbrochen hatte. Um sich auf das morgige Gespräch mit Vera Reis vorzubereiten, machte sich Judith einige Notizen auf dem Schreibblock, den sie immer neben dem Laptop liegen hatte. Meist übertrug sie die schnell auf Papier gekritzelten Stichpunkte zeitnah in die digitale Form und strukturierte sie im Textprogramm ihres Computers.

Besonders neugierig war sie auf die Begründung von Vera Reis, warum sie bei der Stadtratsentscheidung mit Nein gestimmt hatte. War wirklich nur eine Antipathie gegen Bärbach der Auslöser, oder steckte mehr dahinter? Da Judith die Stadträtin als klug und besonnen einschätzte, glaubte sie nicht, dass dieses Nein eine rein emotionale Ursache hatte, sondern dass eine rationale Erklärung dahintersteckte.

Schon in der Vergangenheit hatte sich Vera Reis bei einer Personalentscheidung eingehend über die drei Bewerber informiert, die ihren Hut in den Ring geworfen hatten. Bei der Diskussion im Hauptausschuss hatten sich die Mitglieder aller vertretenen Fraktionen auf einen der drei festgelegt. Judith war als interessierte Stadträtin zu der Sitzung gekommen, nicht als Ausschussmitglied. Dank ihrer guten Vernetzung hatte sie Erkundigungen eingeholt und wusste, dass der favorisierte Bewerber nicht zu den fleißigsten Zeitgenossen zählte. Während seiner früheren Tätigkeiten hatte er nahezu alle Arbeiten delegiert und war einer Reihe von lukrativen Nebentätigkeiten nachgegangen, für die er sein Wissen aus seiner hauptamtlichen Tätigkeit missbraucht hatte. Das war auch der Grund gewesen, weshalb ihm sein vorheriger Arbeitgeber nahegelegt hatte, von sich aus den Anstellungsvertrag zu lösen.

Aufgrund dieser Informationen, die Vera Reis dann sachlich und vollkommen unaufgeregt vorgebracht hatte, war auch die Stadtverwaltung aktiv geworden und hatte zusätzliche Erkundigungen eingeholt.

Veras Angaben wurden letztlich bestätigt. So kam es nicht zur Einstellung. Jede Menge Ärger und auch ein wahrscheinlicher finanzieller Verlust für die Stadt wurden vermieden.

Judiths erste Frage würde darauf zielen, ob Vera Reis zu Bärbachs Vorgeschichte recherchiert hatte. Wenn ja, was sie dabei herausgefunden hatte und in diesem Zusammenhang, warum sie die Ergebnisse nicht wie in dem Fall der Personalentscheidung vorgebracht, sondern verschwiegen hatte. Zwar hatte Judith nichts für Verschwörungstheorien übrig, aber in dieser Sache erschienen ihr einige Umstände als äußerst mysteriös.

Der Blick auf die Uhr im Regal über ihrem Schreibtisch ließ sie aufschrecken. In zwanzig Minuten hatte sie einen Termin beim Bürgermeister der Rotweinstadt Klingenberg, der sie über das neue Konzept des Winzerfestes informieren wollte. Das älteste Weinfest in der Region war in die Jahre gekommen und sollte einen neuen Anstrich erhalten. Judith hatte den Auftrag erhalten, dem Rathauschef etwas auf den Zahn zu fühlen, später dann die beteiligten Winzer und die Vorsitzende des Weinbauvereins zu befragen. Eigentlich eine ganz spannende Angelegenheit. Große Lust, jetzt in ihr aufgeheiztes Auto zu steigen und über die B 469 nach Klingenberg zu fahren, verspürte Judith allerdings nicht. Der Tag würde lang werden.

Sie hatte danach gleich einen Anschlusstermin in Miltenberg mit dem Landrat. Er wollte mit ihr über einen geplanten Artikel zum Thema Gesundheitsversorgung sprechen. Die Krankenhausprivatisierung, Defizite in der Pflege und die Schließung von Arztpraxen ohne entsprechende Nachfolge bereiteten den Menschen Sorgen. Immer wieder gingen Anrufe und E-Mails von Wutbürgern in der Redaktion ein, die sich über Missstände beschwerten. Viele davon waren übertrieben, aber es gab auch einige darunter, die durchaus ernst zu nehmen und sachlich begründet waren.

»Ich muss mich aufraffen, auch wenn es mir noch so stinkt«, sagte Judith zu Paula, die unter ihrem Schreibtisch vor sich hin döste, kurz das rechte Augenlid hob und es wieder schloss.

Kapitel 12

Nachdem Arthur Grob einem Großkunden im Alsfelder Stadtteil Eudorf einen lukrativen Auftrag abgerungen hatte und sich auf dem Weg in Richtung Schwalmstadt befand, hielt er an einem Feldweg an, um im Internet zu recherchieren, ob es schon Neuigkeiten über Lisas Verschwinden gab. Er gab die Suchbegriffe »Elisabeth + vermisst + Grünberg + Hessen« in den Webbrowser seines Smartphones ein. Ganz oben bei den Ergebnissen erschien der Hinweis auf das Internetportal der hessischen Polizei mit der Fahndung nach vermissten Personen. Diesen Link wählte er an. Es öffnete sich eine Seite mit Fotos von Personen und Kurzangaben. Die Suchmeldungen waren unterschiedlichen Polizeipräsidien zugeordnet. Die ersten drei waren Aufrufe des Polizeipräsidiums Südhessen.

Schon in der zweiten Bildleiste wurde Arthur fündig. Das Polizeipräsidium Mittelhessen und die Kripo in Gießen suchten nach Elisabeth Grundmann. Ein älteres Foto von Lisa war abgebildet. Darunter stand:

14.06.2016 I Polizeipräsidium Mittelhessen
49-jährige Frau aus Grünberg vermisst – Kripo Gießen bittet um Hinweise.
Die Polizei sucht fieberhaft nach der 49-jährigen Elisabeth Grundmann, die auf mysteriöse Weise aus ihrer Wohnung in Grünberg verschwunden ist. Der

Zeitpunkt ihres Verschwindens ist nicht bekannt, da die Frau alleine und extrem zurückgezogen lebt. Da sie sich seit 06.06.2016 im Urlaub befindet, wurde sie an ihrem Arbeitsplatz auch nicht vermisst.
Frau Grundmann ist ca.1,65 Meter groß, schlank, hat dunkelblonde, glatte, mittellange Haare und bevorzugt dezente Kleidung in gedeckten Tönen.
Wer hat die Frau in den letzten Tagen gesehen?
Wer kennt Ihren Aufenthaltsort?

Darunter der bekannte Satz «Hinweise bitte an die Kripo Gießen«, die Telefonnummer und ein Button zu einem Online-Formular, auf dem die Hinweise eingetragen und über die Datenautobahn geschickt werden können.

Arthur Grob wurde von einem Frösteln erfasst, obwohl die Außentemperaturen heute die 30-Grad-Marke schon überschritten hatten. Das Foto von Elisabeth mochte bestimmt schon zehn Jahre alt sein. Aber ihr Blick und ihre Gesichtsform hatten sich nicht verändert. Erst jetzt wurde Arthur richtig klar, dass er überhaupt nichts über die Frau wusste, mit der er sich seit fünf Jahren in unregelmäßigen Abständen traf und im übertragenen Sinn ein Bratkartoffelverhältnis hatte.

In ihren Augen lag etwas Undurchdringliches. Wenn sie sich unterhalten hatten, meist über Belangloses, hatte ihm Lisa nie direkt in die Augen geschaut, eher durch ihn hindurch. So, als würde sie einen Gegenstand oder eine Person hinter ihm fixieren. Was war nur mit ihr geschehen? Weshalb lebte sie so zurückgezogen und gab so gar nichts über sich preis? Vielleicht hatte ihre Unnahbarkeit einen tieferen Grund, mit dem auch ihr Verschwinden zusammenhing. Arthur wünschte sich, er hätte sich mehr um ihr Seelenleben gekümmert. Das schlechte Gewissen packte ihn. Er hatte Elisabeth ausgenutzt, sie regelrecht missbraucht. Ob er das je wiedergutmachen konnte? Wenn sie nun nie wiederauftauchte und ihr Schreckliches angetan worden war, hatte er keine Gelegenheit mehr, sich bei ihr zu entschuldigen und ihr zu sagen, wie sehr er sie eigentlich mochte. Als Menschen mochte, nicht nur als Sexobjekt.

Arthur erinnerte sich, dass Elisabeth manchmal im Schlaf gesprochen und laut aufgeschrien hatte. Ihre Worte waren nicht zu verstehen, es war ein Stammeln von unzusammenhängenden Satzfragmenten, die er nicht zusammenfügen konnte.

Das Innere des Wagens hatte sich durch die Sonneneinstrahlung aufgeheizt. Arthur spürte, wie ihm kleine Schweißbäche den Rücken herabliefen und sich in der Poritze sammelten. Er hatte Gott sei Dank immer Kleidung zum Wechseln dabei. Verschwitzt oder mit Essen vollgekleckert beim Kunden zu erscheinen, war ein Tabu für Arthur Grob. Er würde bald in Treysa ankommen, das bei der hessischen Gebietsreform mit Ziegenhain zu Schwalmstadt verschmolzen worden war. Dort hatte er sich im Altstadthotel ein Zimmer gebucht. Er würde heute Abend nicht mehr nach Eisenach weiterfahren, sondern im Hotel übernachten.

Am späteren Nachmittag würde er seinen Kunden in Treysa treffen, danach hatte er seinen Tourenplan für diese Woche erledigt. Nun musste er nur noch den entsprechenden Schreibkram hinter sich bringen. Das hatte Zeit. Lisa war ihm wichtiger. Er würde die terminfreien Tage nutzen, um sie zu finden, zumindest wollte er mehr über sie erfahren. »Ich muss einen Plan machen«, dachte er. Aber darüber würde er sich später Gedanken machen.

Kapitel 13

Das Gespräch mit dem Klingenberger Bürgermeister war sehr aufschlussreich gewesen. Judith freute sich immer, wenn sie mit ihm zu tun hatte. Er zeichnete sich durch Bodenständigkeit, durch eine dynamische Vorgehensweise und vor allem durch Offenheit aus. Eigenschaften, die Journalisten gefallen. Otto Kramb hielt nicht hinterm Berg mit seiner Einschätzung, das alte Format des Klingenberger Winzerfestes hatte ausgedient. Es mussten neue Ideen her, damit die Leute kamen und Geld daließen. Zwar konnten sich die beteiligten Winzer nicht über mangelnden Besuch an manchen Abenden beklagen. Aber gerade unter der Woche und an den Festsonntagen war die Menge an Gästen sehr überschaubar.

Für einige Winzer, die nicht in der Lage waren, Familienangehörige für die Bewirtung beim Fest einzuspannen, und die viel Geld für Personal bezahlen mussten, war die Präsenz mit einer eigenen Laube mittlerweile uninteressant geworden. Sie gaben mehr Geld aus als sie einnahmen. Die Telefonate mit der Vorsitzenden des Weinbauvereins und mit einem Winzer, der sich als Winzerfestwirt zurückgezogen hatte, bestätigten Krambs These.

Aus den Aussagen ließ sich eine gute Story entwickeln. Judith hatte das Manuskript so weit fertig geschrieben. Sie musste es nur noch überarbeiten und die Sätze etwas ausfeilen. Das hieß, Flüchtigkeitsfehler verbessern und einige Formulierungen ändern, damit der Text flüssiger zu lesen war. Sie legte großen Wert darauf, dem Zeitungsleser einen Mehrwert zu bieten. Er sollte einen guten Inhalt und einen klar strukturierten, möglichst fehlerfreien Text vorfinden. Wenn allerdings in der Redaktion die Vorlage sehr stark redigiert wurde, war alles für die Katz. Kürzungen konnte sie gerade noch tolerieren. Aber wenn Sätze völlig umgestellt wurden und sinnfreie Ergebnisse dabei herauskamen, ärgerte sie sich sehr. Weil die Redakteure am Tisch aber mittlerweile so viel zu tun hatten und nur noch die Beiträge redigierten, die es unbedingt nötig hatten, musste sich Judith kaum noch über verunstaltete Texte ärgern.

***

Die Unterhaltung mit dem Landrat war weniger erfreulich gewesen als die Interviews in Klingenberg. Als Landkreischef musste er sich den Sachzwängen beugen, auch wenn sie ihm nicht gefielen. Gerade, was das Krankenhauswesen betraf, hatte die Kommunalpolitik keine Einflussmöglichkeiten mehr. Das operative Geschäft wurde von einem Konzern gesteuert, der seine Aktionäre zu befriedigen hatte und deshalb gewinnorientiert handelte.

»Wir können nur noch appellieren und Vorschläge machen, mehr geht nicht«, hatte der Landrat gesagt. Es seien sogar schon viele Dinge umgesetzt worden, wie beispielsweise die Bereitschaftspraxis im medizinischen Versorgungszentrum.

Sie war gut vorangekommen mit ihrer Arbeit. Deshalb entschloss sie sich, noch eine kleine Runde mit Paula zu gehen und sich anschließend einen Absacker im Römerhof zu gönnen. Sie würde Paula vorher wieder zurückbringen, ihr Auto vorm Haus stehen lassen und in die Stadt laufen. Dann konnte sie sich ein paar Tropfen Alkohol gönnen.

Im Römerhof angekommen, setzte sie sich an die Theke und bestellte sich ein Hefeweizen. Nicht alkoholfrei wie sonst üblich. Der Wirt höchstpersönlich schenkte es ihr ein.

»Na, heute keine Termine mehr?«, fragte er.

»Nö, hab jetzt frei und alles schon geschafft«, antwortete ihm Judith.

Das Lokal füllte sich, und auch an der Theke waren bald alle Plätze besetzt, überwiegend von Obernburgern, die regelmäßig zum Dämmerschoppen in den Römerhof kamen.

***

Ein typisches Stammtischgeplauder entwickelte sich. Es wurde über die große und kleine Politik diskutiert. Man war sich einig: Merkel solle zurücktreten, der Brexit sei Mist und in Obernburg herrsche kommunalpolitischer Stillstand. An einem der hinteren Tische sah Judith ein weiteres bekanntes Gesicht. Es war Vera Reis, die mit einer Gruppe von jungen Frauen diskutierte. Um was es dabei ging, konnte sie nicht hören.

Judith hütete sich, bei Stammtischgesprächen ihre eigene Meinung zu äußern. Journalisten, auch wenn sie freie Mitarbeiter waren, sollten sich bedeckt halten und nicht Partei ergreifen. Sie mussten auf Ausgewogenheit bedacht sein. Zwei Stunden lang hörte sie aufmerksam zu, gab belanglose Kommentare und spürte nach dem zweiten Weizenbier eine bleierne Müdigkeit, die ihr in die Glieder fuhr. Sie bat den Wirt um ihre Rechnung, die sie natürlich bei der Steuererklärung einreichen würde. Schließlich gehörte es zu ihrem Beruf, das Ohr am Puls des Volkes zu haben, um Stimmen und Stimmungen einzufangen.

Das Lokal hatte sich bereits geleert. Vera Reis saß nun allein an dem hinteren Tisch und nippte gedankenverloren an ihrem Rotwein. Die Gruppe, mit der sie sich vorher angeregt unterhalten hatte, war schon fort. Ihr Glas war fast leer. Sie nickte Judith zu und sagte: »Also dann, bis morgen!« Als der Wirt Judith die Rechnung reichte und sie ihren Geldbeutel zückte, um zu zahlen, überfiel sie ein leichter Schwindel. Beinahe wäre sie sprichwörtlich vom Hocker gekippt. Sie konnte sich gerade noch mit beiden Händen an der Theke festhalten, um dies zu verhindern.

»Mannomann, ich vertrage ja gar nichts mehr«, sagte sie mehr zu sich selbst als zum in einem erstaunten Blick verharrenden Römerhofwirt. Sie nahm einen Zehneuroschein aus ihrem Geldbeutel, legte ihn auf den Tresen, sagte: »Der Rest ist für die Kaffeekasse«, glitt vom Barhocker und lächelte.

Vera Reis am hinteren Tisch war verschwunden. Judith verließ das Lokal und machte sich auf den Weg in die Siegfriedstraße.

Als sie zu ihrer Wohnung wankte, überlegte sie, dass der Genuss von zwei Gläsern Weizenbier nicht der Grund für ihre abgrundtiefe Müdigkeit sein konnte. An dem ersten Glas hatte sie ziemlich lange getrunken, war zwischendurch sogar einmal auf der Toilette gewesen, als sie noch alleine an der Theke saß und der Wirt in die Küche gegangen war, um die Sonderwünsche eines Gastes mit dem Koch zu besprechen. Ihr Weizenbier hatte bereits Zimmertemperatur angenommen, als sie den Rest in einem Zug heruntergekippt hatte. Es hatte seltsam geschmeckt und war zu warm.

»Na ja, das kann ich mir alles auch eingebildet haben«, dachte sie, als sie den Anstieg in Höhe der Friedenskirche bewältigt hatte. Die frische Abendluft empfand sie als angenehm, zumal sie etwas ins Schwitzen geraten war. Nur mit großer Mühe gelang es ihr, den Anstieg im ersten Abschnitt der Siegfriedstraße zu überwinden. Sie hatte das Gefühl, dass ihre Beine ein Eigenleben führten und nicht mehr zum übrigen Körper gehörten. Vor dem Haus, in dem sich ihre Wohnung befand, überfiel sie wieder ein Schwindelgefühl, diesmal heftiger als im Römerhof. Sie fingerte nach ihrem Schlüssel, den sie in die rechte Hosentasche gesteckt hatte. Zum Aufschließen kam sie nicht mehr. Ein heftiger Schmerz schoss ihr durch den Schädel, dann wurde es dunkel, und Judith spürte nichts mehr.

Kapitel 14

Im Schlappeseppel wurden Anselm Ludenbecks Hoffnungen mehr als erfüllt. Er fand einen freien Platz an einem Tisch, wo eine Gruppe junger Leute saß, die sich Witze erzählten, schallend über die Pointen lachten und sich auf die Schenkel klopften. Es waren Studenten, die an der Hochschule Aschaffenburg Betriebswissenschaften studierten, wie sich im Verlauf des Abends herausstellte. Ludenbeck lachte mit. Schnell war man per du, und dem Kriminalbeamten fielen sogar ein paar politische Witze aus grauer Vorzeit ein, die er mit den derzeit populären Namen aktualisierte und mit Begriffen aus der Jugendsprache aufpeppte.

Der Abend war lustig und wurde extrem lang. Ludenbeck hatte einige Biere gezischt, die zwar nicht den Namen Schlappeseppel trugen, aber mit steigendem Verzehr genauso süffig wie das Traditionsgebräu waren, dem die Wirtschaft ihren Namen zu verdanken hatte. Als Kriminalbeamter durfte er sich Entgleisungen dieser Art eigentlich gar nicht erlauben. Immerhin war er eine Respektsperson.

Sich dem Suff hinzugeben und mit deutlich jüngeren Leuten Witze zu reißen, entsprach im Prinzip auch nicht seinem Naturell. Aber ab und zu mal etwas über die Stränge zu schlagen, das musste einfach sein, um das Leben zu spüren und nicht in Depressionen abzugleiten. Das wäre das größte Übel, was einem Kriminalhauptkommisar passieren kann.

Ludenbecks Zunge wurde schwer. Er merkte selbst, wie er lallte, als er die Kellnerin um die Rechnung bat und darum, ihm ein Taxi zu bestellen. Bei dem Taxifahrer handelte es sich um eine mindestens sechzigjährige Taxifahrerin mit rosarot gefärbtem Haar, das sie zu einem kunstvollen Dutt drapiert hatte. Sie war stark geschminkt. Der um die Augen, am Lid und Unterlid gezogene schwarze Kajal verlieh ihr die Anmutung eines Pandabären. Ohne viele Worte zu wechseln, bis auf ein »'n Abend« und die Angabe der Adresse, bei der die Taxifahrerin stutzte, stieg Ludenbeck ein, setzte sich auf die Rückbank und ließ sich zur Polizeiinspektion in den Lorbeerweg chauffieren. Wortlos zahlte er den Betrag, den ihm die Taxifahrerin nannte, und gab ihr noch ein großzügiges Trinkgeld oben drauf. Das erhellte ihre Miene. Sie sah richtig hübsch aus, wie Ludenbeck feststellte.

»Das Restgeld dürfen Sie gerne mit Sekt und schönen Männern verprassen. Allerdings stehe ich heute nicht mehr zur Verfügung. Ich habe zu viel getankt«, sagte Ludenbeck mit schwerer Zunge und wünschte der Rosahaarigen eine gute Nacht. Sie quittierte seine Bemerkung mit einem gackernden Lachen und brauste davon, als Ludenbeck ausgestiegen war und die Wagentür geschlossen hatte.

Nur mit Mühe gelang es ihm, die Stätte seiner Arbeit zu betreten, denn durch den exzessiven

Bierkonsum hatte seine Koordinationsfähigkeit gelitten. Die diensthabenden Beamten schauten ihm kopfschüttelnd nach. Zwar wussten sie, dass der Erste Kriminalhauptkommissar häufiger im Büro übernachtete, aber bisher war er noch nie betrunken gewesen. Zumindest nicht so betrunken wie heute.

Obwohl er mit seiner aus dem Gleis geratenen Motorik zu kämpfen hatte, gelang es Ludenbeck, sich bis auf die Unterwäsche zu entkleiden, die für Übernachtungen im Garderobenschrank deponierte Decke zu entfalten und sich mit ihr zum bequemen Sofa zu begeben, das die Sitzgruppe um den Besprechungstisch komplettierte. Das Zähneputzen ließ er heute sein. „Morgen Früh stinke ich sowieso wie eine Brauerei, egal, ob ich mir jetzt die Zähne putze oder nicht“, dachte Ludenbeck und ließ sich mit einem abgrundtiefen Seufzer auf das Sofa fallen. Binnen weniger Minuten war er eingeschlafen. Sein lautes Schnarchen breitete sich im Raum aus und war auch noch in den Nachbarbüros zu hören. Aber dort war ja niemand. Erst am Morgen gegen sieben Uhr würden die ersten Kollegen eintreffen.

Der nächste Morgen war bei Weitem nicht so prickelnd wie der vorausgegangene Abend. Bereits gegen sechs Uhr wurde Ludenbeck von einem pochenden Kopfschmerz geweckt. Er erhob sich schwerfällig von seiner Liegestatt. Sein eigener Körpergeruch, eine Kombination aus Bierausdünstung und Körperschweiß, verstärkte die Übelkeit, die über die Speiseröhre in den Rachenraum gestiegen war. Ohne sich darum zu kümmern, dass er nur mit Unterwäsche bekleidet war, schleppte sich Ludenbeck auf die Personaltoilette und schaffte es gerade noch rechtzeitig zur Kabine, um die darin befindliche Kloschüssel mit seinem Mageninhalt zu füllen. Er betätigte mehrmals die Spülung, ging zum Waschbecken im Vorraum und ließ das aus dem Hahn sprudelnde Wasser in seinen Mund laufen Allmählich verschwand der bittersäuerliche Geschmack.

Wie ein ramponierter Kater, der sich ein Gefecht mit Rivalen geliefert hatte, schlich Ludenbeck zurück in sein Büro. Im Seitenfach seines Schreibtisches hatte er noch Mineralwasser stehen und ein Glas, das er mit der klaren Flüssigkeit füllte. Er öffnete die obere Schublade und fischte eine Packung Kopfschmerztabletten zwischen Kugelschreibern, Bleistiften, Büroklammern und Haftnotizzetteln heraus. Ludenbeck drückte zwei Tabletten aus dem Blisterstreifen, warf sie sich in den Mund, griff zum Glas und leerte es in einem Zug.

Im Büro hatte er immer frische Wäsche und die notwendigen Toilettenartikel, um sich frisch zu machen. Ludenbeck zog seine seine Hose an, schlüpfte in sein nach Wirtshaus riechendes Hemd, knöpfte es zu und stieg sockenlos in seine Schuhe. Frische Unterwäsche, Socken und ein neues, noch verpacktes Hemd, Toilettenartikel, Handtuch, Einmalwaschlappen und Rasierapparat legte er in ein kleines Köfferchen, das unter dem Schreibtisch stand und das Ludenbeck hin und wieder benutzte, um darin Dinge zu transportieren, die nicht für jedermann sichtbar sein sollten. So wie heute, wo er die Dusche der Trachtengruppe benutzen wollte, um sich frisch zu machen, den Kater und den Kneipengeruch loszuwerden.

Die ersten Kollegen waren bereits im Anmarsch, um ihren Dienst anzutreten. Mit einem verhaltenen »Morsche«, das er unter vorgehaltener Hand nuschelte, damit man seine Fahne nicht roch, grüßte er sie und eilte zum Duschraum. Das prasselnde Wasser, das er eiskalt an sich herablaufen ließ, weckte Ludenbecks Geister. Er hielt immer wieder den Atem an, denn das kalte Wasser ließ ihn erschaudern. Nach und nach stellte er die Temperatur wärmer und schäumte sich mit dem nach Sandelholz duftenden Duschgel ein, das er als Shampoo zweckentfremdete, um sich die Haare zu waschen.

Die Dusche hatte Ludenbeck richtig gutgetan. Er spülte sich den Schaum vom Körper, rubbelte zunächst die Haare trocken und dann die Haut, schlüpfte in die frische Wäsche, in die Socken, in Hose und Hemd. Da er nie einen Kamm dabeihatte, fuhr er sich mit den Fingern durch das noch feuchte Haar.

»Jetzt kann ich wieder unter Menschen gehen«, bemerkte er beim Blick in den Spiegel. Mit den Pfefferminzbonbons, die er im Büro aufbewahrt hatte, würde er auch noch seine Bierfahne überdecken können. Ludenbeck packte die auf dem Boden liegende Wäsche in sein kleines Köfferchen und schritt gut gelaunt zurück in sein Büro. Mittlerweile war Leben in die Etage gekommen. Stimmengewirr und klappernde Computertastaturen deuteten darauf hin, dass die Kollegen und Kolleginnen schon fleißig bei der Arbeit waren.

»Ich muss Judith Welser anrufen«, dachte Ludenbeck, griff zu seinem Mobiltelefon und tippte auf Judiths Nummer, die er gespeichert hatte. Er erreichte jedoch nur die Mailbox. Auch auf dem Festnetzanschluss sprang nach viermaligem Läuten der Anrufbeantworter an. Nach dem Piepton nannte er seinen Namen und bat Judith um einen Rückruf.

»Komisch, um diese Zeit müsste sie doch eigentlich erreichbar sein«, dachte Ludenbeck und spürte eine innere Unruhe, ein Bauchgefühl, das ihn immer dann erfasste, wenn Unheil im Anmarsch war.

Kapitel 15

Arthur Grob hatte eine unruhige Nacht in seinem Hotelzimmer verbracht. Den Gedanken, einen Plan zu entwickeln, wie er die Suche nach Lisa nach strategischen Gesichtspunkten möglichst effektiv gestalten konnte, hatte er mittlerweile verworfen. Er wusste ja gar nicht, womit er beginnen sollte, denn er hatte keine Ahnung, wie Lisa ihre Freizeit verbrachte, mit wem sie Kontakt hatte und welche Orte und Plätze sie aufsuchte, um sich von einem arbeitsreichen Tag zu erholen. Wo konnte er ansetzen, um eine Spur zu finden? Der Blick auf sein Smartphone und die Vermisstenmeldungen der hessischen Polizei brachten auch keine neuen Erkenntnisse.

Nach dem Frühstück zahlte er die Hotelrechnung, ging nach oben in sein Zimmer, um den kleinen Reisekoffer zu holen und zum Parkhaus zu gehen, wo er seinen Wagen abgestellt hatte. Das Umfeld gefiel ihm, und er entschloss sich, seinen Koffer im Wagen zu deponieren und noch etwas spazieren zu gehen. Die Tageskarte für fünf Euro hatte er noch nicht ausgeschöpft und somit noch mindestens vier Stunden Zeit. Er wollte sich einmal die Ruine der Totenkirche anschauen, die Hospitalskapelle besichtigen, den Hexenturm beäugen und über den Marktplatz schlendern. Ein bisschen Bildung konnte nie schaden. Bei seinen Touren boten sich viele Gelegenheiten, die historisch bedeutenden

Bauwerke der Orte anzuschauen, die er bereiste. Treysa war ein hübsches Städtchen mit einer bewegten Vergangenheit und einem Bahnhof, der nach der Teilung Deutschlands eine zentrale Bedeutung für den Transfer in die DDR genoss. Auch heute noch war er als Intercity-Haltepunkt und regionaler Knotenpunkt wichtig für den Bahnverkehr.

Bei seinem Rundgang hatte sich Arthur die romantischsten Ecken der nordhessischen Kleinstadt ausgesucht, die im sogenannten »Rotkäppchenland« lag. Er hatte gelesen, dass die Menschen, die an dem Flüsschen Schwalm lebten, noch bis vor wenigen Jahrzehnten eine besondere Tracht hatten, die strengen Regeln unterworfen war. Die Bäuerinnen trugen unter der Woche einfarbige und sonntags bunt verzierte »Betzel« (Häubchen), die sie auf dem an dem vorne am Kopf gebundenen Haarknoten (»Schnatz«) befestigten. Die Farbe der Ledigen war Rot, als Zeichen der Jugend und der Unverheirateten. Diese roten »Betzel« und die Schwälmer Tracht waren wohl für die Gebrüder Grimm die Vorlage für das Märchen vom Rotkäppchen.

Es waren zwei Stunden vergangen, als Arthur das Parkhaus erreichte, wo sein Wagen stand. Er beschloss, nicht sofort nach Eisenach zu fahren, sondern noch einen kleinen Abstecher nach Bad Hersfeld zu machen. Dort kannte er ein ausgezeichnetes Speiselokal. Er hatte bereits einen Fünfeuroschein aus seinem Geldbeutel geholt, schob den Parkschein in den Automaten und danach den

Geldschein in den dafür vorgesehenen Schlitz. Der Parkschein zum Öffnen der Schranke kam nahezu gleichzeitig mit der Quittung heraus, die er aus der Klappe ganz unten entnahm. Den Parkschein steckte er in die Hosentasche, die Quittung in seinen Geldbeutel.

Arthur hatte seinen Wagen bewusst in der Nähe des Automaten abgestellt, damit er nicht durch die ganze Etage laufen musste. Er griff in die rechte Hosentasche, holte Parkschein und Schlüsselbund hervor, um mit dem Funkschlüssel die Wagentüren zu entriegeln und den Parkschein schnell greifbar auf die Ablage neben dem Lenkrad zu legen. Er spürte einen Stich am Hals, griff sich mit der linken Hand an die betroffene Stelle und dachte: „So was, jetzt suchen sich die Stechmücken auch schon in Parkhäusern ihre Opfer!“ Noch ehe er seinen Gedanken zu Ende führen konnte, wurde er von einem heftigen Krampf geschüttelt, bevor er zusammenbrach. In dem Speiserestaurant in Bad Hersfeld kam Arthur Grob nie an.

Kapitel 16

Judith hatte einen pelzigen Geschmack auf der Zunge. Die Augen konnte sie kaum öffnen. Sie schienen wie verklebt. Es fiel ihr schwer, sich zu bewegen. Ihr Kopf schmerzte. Erst allmählich wurde ihr bewusst, sie befand sich einem Raum, der völlig dunkel war. Sie lag auf dem Boden. Mit den Händen konnte sie ertasten, es handelte sich offensichtlich um blanken Zementestrich. Nicht ein Lichtstrahl war zu erkennen, als es ihr endlich gelang, die Augen zu öffnen. Sie hatte wahnsinnigen Durst. Sie hätte alles gegeben für einen Schluck Wasser.

Judith bemühte sich, die Geschehnisse zu rekonstruieren. Sie erinnerte sich an den Heimweg, als sie vom Römerhof aufgebrochen war und sich mit Mühe in die Siegfriedstraße geschleppt hatte. War sie überhaupt dort angekommen? Was war mit Paula? Wo war Paula? Bei dem Gedanken an ihre Hündin schossen Judith die Tränen in die Augen. Sie wurde von einem heftigen Weinkrampf geschüttelt, heulte Rotz und Wasser. Sie konnte sich noch nicht einmal die Nase schnäuzen, denn sie war zu schwach, um überhaupt die Arme zu heben. Tränen und Rotz liefen ihr über Wangen, Lippen und sammelten sich am Kinn.

Judith war sicher, dass sie elend verdursten würde, wenn sie nicht bald etwas zu trinken bekam. Sie musste irgendetwas tun. Laut zu schreien, würde nichts nützen, sonst hätte man ihr den Mund zugeklebt, um sie ruhigzustellen. Sie versuchte, die Beine auszustrecken. Es gelang ihr, sich einige Zentimeter vorwärts zu bewegen. Ruckartig schob sie sich mit Hacken und Po Zentimeter um Zentimeter nach vorne, bis sie einen Widerstand spürte. Sie musste eine Wand berührt haben. Wieder drehte sie sich, bis ihr Kopf sich in unmittelbarer Nähe der vermeintlichen Wand befand. Sie hob den Kopf an, zog die Knie hoch, streckte den Brustkorb vor, stützte sich mit den Schultern ab, um sich aufzusetzen. Erst nach mehreren Versuchen gelang es ihr, ihr Vorhaben umzusetzen. Zumindest lag sie nicht mehr, sondern saß aufrecht an die Wand gelehnt – wenngleich in völliger Dunkelheit.

Es musste ihr gelingen, sich aus dem Verließ zu befreien. Sie durfte nicht aufgeben. Mit den Fingerspitzen tastete sie das Umfeld ab. Mit dem Mut der Verzweiflung rutschte Judith an der Wand entlang, um eine Tür oder ein Fenster zu finden.

Immer wieder musste sie Pausen einlegen, denn sie fühlte sich schwach. Der Durst, der sie quälte, war mittlerweile unerträglich. Ihre Lippen waren spröde. Der salzige Geschmack, den die Tränen verursacht hatten, verstärkte den Durst noch. Judiths Gemütsverfassung war auf der Skala der Punktebewertung auf Null gerutscht. Bisher hatte sie immer gedacht, sie sei stark und könne wie ein Fels in der Brandung allen Angriffen standhalten. Aber nun war der Fels zu einem Kieselstein geschrumpft, und nur ein Wunder konnte sie aus der misslichen

Lage befreien. Sie ließ ihr Leben Revue passieren, und es erschien ihr, als wäre es jetzt zu Ende.

Wer hatte ihr das angetan? Welcher Grund steckte dahinter, sie zu töten? Warum auf diese menschenverachtende Art? Judith wusste nicht, wie lange sie sich schon in dem Gefängnis befand. Sie erinnerte sich an einen Artikel, den sie kürzlich im Zusammenhang mit einer Recherche gelesen hatte. Für ein Online-Journal hatte sie einen Text über Überlebenstaktiken verfassen müssen und im Internet nach Informationen gesucht. Auf einem österreichischen Gesundheitsportal war sie auf einen Bericht gestoßen, der sich mit der Zeitschiene befasste, in der ein Mensch ohne Flüssigkeitszufuhr überleben kann. Ein Endokrinologe einer Wiener Klinik war mehrmals darin zitiert worden. Judith erinnerte sich noch genau an den einen Satz im Artikel:

»*...Ein junger, gesunder Mensch wird ohne Flüssigkeit ungefähr drei bis vier Tage durchhalten. Im Extremfall – und das gibt es immer wieder – bis zu elf, zwölf Tage. Aber das ist sicher das Maximum ...*«

War sie ein junger, gesunder Mensch, der bis zum Maximum aushalten konnte? Eher nicht, denn sie war nicht besonders sportlich, keineswegs durchtrainiert. Beim Robben durch den Raum hatte sie sich schon ziemlich verausgabt, was sicher ihre Überlebenschance verkürzte. Sie wusste, ohne körperliche Anstrengung, allein durch die Atmung und das Ausdünsten über die Haut, verliert jeder Mensch ungefähr einen halben Liter Flüssigkeit pro Tag. Sie hatte es für den Auftrag recherchiert und es war in ihrem Gedächtnis haften geblieben. Diese Information hatte sie beeindruckt.

Zwar war Judith nicht sicher, aber ihr Gefühl sagte ihr, dass sie sich länger als einen Tag in ihrem Gefängnis befand. Also blieb ihr wenig Zeit, um sich aus eigener Kraft zu befreien. Sie konnte in der Tat nur noch auf ein Wunder hoffen. Die Hoffnung starb bekanntlich zuletzt.

Kapitel 17

Das Pärchen ging lachend zum Parkhaus und fasste sich immer wieder an den Händen, fiel sich dann wieder in die Arme, um sich leidenschaftlich zu küssen. Endlich waren die beiden am Kassenautomat angekommen. Der junge Mann ließ von seiner Begleiterin ab und löste den Parkschein aus.

Er drückte ihr einen schnellen Kuss auf die Stirn und schnappte sich gleichzeitig den Parkschein, der vom Automaten ausgeworfen wurde. Die Begleiterin kicherte und sagte. »Du bist ja ein richtiger Artist!« Er lächelte sie an, und beide betraten die Etage, auf der sein Wagen stand, mit dem sie von Kassel nach Treysa gefahren waren, um sich einen schönen Tag zu machen.

Die Begleiterin schritt voran und drehte sich um ihre eigene Achse, so, als würde eine imaginäre Melodie erklingen und sie zum Tanz animieren. Plötzlich schrie sie laut auf. Ihre Augen waren angstvoll geweitet, ihr Blick auf den Boden gerichtet. Der junge Mann eilte zu ihr und sah, was sie so erregt hatte. Vor ihnen lag ein Mann mit gebrochenen Augen. Glasklar, er war tot. Mausetot. «Wir müssen die Polizei rufen«, sagte die Begleiterin und ihre Stimme zitterte. Der junge Mann holte sein Mobiltelefon aus der Brusttasche seines lachsfarbenen Sommerhemdes und wählte den Notruf.

Innerhalb zwanzig Minuten nach Absetzen des Notrufs war die Etage mit nahezu bewegungslosen, aber wachsam äugenden Polizeibeamten gefüllt, zwischen denen in weiße Overalls gekleidete Menschen hin und her wieselten. Mit Pinseln, Pinzetten und allerhand anderem Gerät ließen sie winzige, kaum erkennbare Teile in deutlich größere Plastiktüten fallen, die sie anschließend beschrifteten. Der vermeintliche Tatort war mit einem weiß-roten Plastikband abgesperrt.

Das Pärchen, das den Toten gefunden hatte, wurde gerade medizinisch versorgt. Beide hatten einen Schock erlitten. Die junge Frau saß auf einem Campinghocker.

Ein Sanitäter hatte ihr eine Decke umgelegt und sprach beruhigend auf sie ein. Der junge Mann lehnte blasshäutig an einer Säule und nuckelte an einem Becher, der mit einer von außen nicht erkennbaren Flüssigkeit gefüllt war. Die Minuten verstrichen.

»Können wir jetzt?«, fragte eine attraktive Blondhaarige mit modischem Kurzhaarschnitt einen vor der Leiche knienden Mann im Overall. »Ja, Frau Hauptkommissarin, wir haben den Tatort soweit gesichert. Der Kollege aus der Pathologie hat auch schon einen ersten Blick auf die Leiche geworfen, die noch nicht allzu lange eine Leiche ist«, kam die Antwort aus dem Overall.

»Wo ist der Kollege aus der Pathologie?«, fragte die Blondhaarige.

»Gerade mal eine rauchen – in gebührendem Abstand vom Tatort.« Der Mann im Overall erhob sich und wies mit dem rechten Arm in Richtung Ausfahrt, in der er den Gerichtsmediziner vermutete.

Die Blondhaarige folgte dem Hinweis. In der Tat, Professor Doktor Wolfram von Schnerzing, der seit einigen Wochen aus Frankfurt nach Kassel gekommen war und dort im pathologischen Institut Leichen sezierte, stand an der Ausfahrt. Er nahm einen tiefen Zug von seiner Zigarette, die schon fast aufgeraucht war.

»Weshalb sind Sie schon hier, und warum überhaupt, Herr Professor?«, fragte die Blondhaarige.

»Ich war gerade in der Nähe, in Ziegenhain. Ein Beamter der Uniformierten hatte meine Handynummer und rief mich an, um mich darüber zu informieren, dass ich schon mal die Messer wetzen darf, um einer Todesursache auf den Grund zu gehen. Ich dachte mir: Das schaue ich mir doch gleich mal direkt vor Ort an, Frau Hauptkommissarin Blessow.

Wie war noch mal der Vorname? – Karin, nicht wahr? Wollen wir uns nicht duzen, das macht die Arbeit leichter!«

»Nein, jetzt noch nicht. Die Zeit muss reifen. – Und, können Sie schon was sagen?«, fragte die Blondhaarige, die Karin Blessow hieß und die ermittelnde Hauptkommissarin war.

»Der Gute, ein gepflegter Mittvierziger, ist noch nicht lange tot. Ich schätze mal seit 11:45 Uhr – plus/minus fünfzehn Minuten. Die Todesursache lässt sich auf den ersten Anschein nicht erkennen. Abwehrverletzungen sind jedenfalls keine zu finden. Alles Weitere können Sie dann meinem Obduktionsbericht entnehmen.«

»Wann kann ich damit rechnen?«

»Och, liebe Karin! Sie wissen ja, gut Ding will Weile haben! Aber Scherz beiseite. Ich denke, morgen wissen wir mehr. Sehen Sie zu, dass die Leiche schnellstmöglich ins Institut gebracht wird. Ich bin quasi schon auf dem Weg dorthin.«

Karin nickte ihm zu und ging zurück zu den Overalls und Uniformierten. Der Mann von der Kriminaltechnik, den sie kniend an der Leiche vorgefunden hatte, stand nun mit einem Kollegen zusammen, mit dem er sich angeregt unterhielt. Karin ging zu den beiden und sprach sie an.

»Kennen wir schon die Identität des Ermordeten und wissen wir, was er hier in Treysa gemacht hat?«

»Der Mann heißt, ...äh..., hieß Arthur Grob, wurde 47 Jahre alt. Er war verheiratet, stammt aus Eisenach, war bis zu seinem Tod Handelsvertreter und hat hier im Altstadthotel übernachtet«, antwortete der vormals Kniende. »warum er hier war und wo er herkam, werden wir noch herausfinden.«

Kapitel 18

Es war bereits zwei Tage vergangen. Judith hatte noch immer nicht zurückgerufen. Das war sehr ungewöhnlich. Klar, manchmal steckte sie in Recherchen, war lange unterwegs und schaltete Telefon und Handy auf »lautlos«, um nicht gestört zu werden. Dass sie sich aber so gar nicht meldete, sah ihr überhaupt nicht ähnlich. Anselm Ludenbeck hatte bereits mehrmals versucht, sie auf dem Mobiltelefon und übers Festnetz zu erreichen. Auch jetzt sprangen nur die Mailbox und der Anrufbeantworter an. Es musste etwas passiert sein.

»So, jetzt geht kein Weg mehr dran vorbei. Ich muss sie suchen. Hier ist etwas oberfaul, das sagt mir meine Nase!«

Der Kriminalbeamte sprang aus seinem Sessel, schaltete die Rufumleitung zu den Kollegen ein und teilte ihnen mit, dass er die nächsten Stunden unterwegs und nur auf dem Handy zu erreichen sei.

Er ging zu seinem Wagen und fuhr von Nilkheim aus Richtung B 469, um auf dem schnellsten Weg nach Obernburg zu kommen. Zunächst würde er sich Judiths Wohnung vornehmen. Hier konnte er möglicherweise Hinweise finden, die ihn zu ihr führten. Eine schnell notierte Telefonnummer, ein Eintrag im Kalender ... Es gab viele Möglichkeiten, die einen ersten Anhaltspunkt bedeuten konnten.

Da auf dem gesamten Abschnitt der vierspurigen Schnellstraße ein Tempolimit von 120 Stundenkilometern galt, musste Ludenbeck an sich halten und den Fuß vom Gas nehmen. Der Balken des Tachometers zeigte 130 Stundenkilometer an, gerade noch tolerierbar. Aber schneller durfte er auf keinen Fall fahren. Schließlich vertrat er das Gesetz und musste Vorbild sein. Auch wenn das Herz brannte, die paar Minuten, die er durch einen heißen Reifen gewinnen würde, wären mit Sicherheit nicht ausschlaggebend für einen Erfolg oder eine Niederlage. Er musste mit Bedacht und kühlem Kopf vorgehen, das brachte ihn bei Ermittlungen immer einen Schritt weiter. Mit Hektik und heißem Herzen an die Sache heranzugehen, das führte in den allerseltensten Fällen zum gewünschten Erfolg.

Endlich war Ludenbeck an dem Haus angekommen, in dem Judith wohnte. Ihr Kleinwagen stand in der Einfahrt. Also musste sie eigentlich zu Hause sein. Er klingelte. Aus der Wohnung im Obergeschoss hörte er ein Winseln. Das musste Paula sein. Er wusste aus Judiths Erzählungen, dass Paula nie bellte, sondern höchstens ein Jaulen von sich gab, wenn ihr etwas nicht passte, sie ein hündisches Rühren verspürte oder sie Angst hatte.

»Ich wusste doch, hier stimmt was nicht!« Ludenbeck zog sein Mobiltelefon aus der Hosentasche und rief bei den Kollegen in Obernburg an. Er bat darum, umgehend einen Schlüsseldienst zu schicken, und nannte Judiths Adresse. Es dauerte keine fünf Minuten, als der Kriminalbeamte einen Lieferwagen heranfahren sah, der dann vor dem Gebäude hielt. Ein junger Mann mit Basecap stieg aus und holte aus dem Heck des Wagens einen Werkzeugkasten. »Wo brennt's, Herr Kommissar?«

»Hauptkommissar! So viel Zeit muss sein!«, antwortete ihm Ludenbeck und wies auf die Haustür. »Judith Welser, erster Stock rechts.«

Binnen weniger Minuten hatte der Jungspund mit der kessen Lippe sowohl die Haus- als auch die Eingangstür zu Judiths Wohnung geöffnet. Paula sprang ihnen schwanzwedelnd entgegen und sauste nach kurzer Begrüßungszeremonie die Treppe hinunter. Ludenbeck rannte ihr nach, um sie einzufangen. Die Eile stellte sich als unnötig heraus. Paula hockte sich vor den Rhododendronstrauch direkt an der Stufe im Eingangsbereich, um zu pinkeln, um sehr lange zu pinkeln. So war es ein Leichtes für den Kriminalbeamten, sie am Halsband zu nehmen, in den Eingang zu ziehen und die Haustüre zu schließen.

Der Jungspund stand noch vor der geöffneten Eingangstür an Judiths Wohnung. Als Ludenbeck und Paula die Treppe heraufkamen, fragte er: »Un' Meister, war's das? Das Formular hab ich schon ausgefüllt, Sie müsse' nur noch unnerschreiwe, dann mach ich widder los.«

»Warten Sie bitte noch einen Moment, ich muss mich erst noch in der Wohnung umsehen. Vielleicht benötige ich Sie noch als Zeugen. Dann unterschreibe ich den Wisch und Sie können gehen.« Mit einer Handbewegung deutete er an, der Jungspund solle warten.

Der Kriminalbeamte trug trotz Dienstvorschrift keine Waffe. Er hatte auch noch nie eine benötigt, denn bei den Einsätzen, die er bisher im Laufe seiner beruflichen Karriere hatte, waren immer genügend Uniformierte dabei, die das Umfeld sicherten. Dieses Mal war er auf sich allein gestellt.

Er streifte sich ein paar Einweghandschuhe über die Hände. Hier hielt er sich an die Dienstvorschrift, denn er hatte immer ein Sortiment in der Hosentasche stecken. Er ging langsam und lautlos durch den Flur, dabei blickte er sich ständig um. Es roch nach Hundekacke, die Paula wohl in ihrer Verzweiflung im Flur entladen hatte. Nicht unweit davon befand sich eine Pfütze. Das Tier musste auch uriniert haben. Paula trottete hinter ihm her und schaute zu ihm auf. Sie ging vermutlich davon aus, dass er ein Spiel mit ihr vorhatte.

Als Ludenbeck alle Räume inspiziert hatte, forderte er per Mobiltelefon die Beamten der Spurensicherung an, um Wohnung und Umfeld unter die Lupe zu nehmen. Schon beim Eintreten in den Flur hatte er Paulas Hundeleine an der Garderobe entdeckt. Er nahm sie vom Haken, legte sie dem Hund an, der sich vor ihn gesetzt hatte und ihn erwartungsvoll anblickte. Dem immer noch am Eingang wartenden Schlüsseldienstmitarbeiter entriss er Formularblock und Stift, unterschrieb, nachdem er überflogen hatte, was der Handwerker eingetragen hatte, und gab ihm Block und Stift wieder zurück.

»So, jetzt können Sie wieder abzischen«, sagte Ludenbeck. Der Jungspund nickte und sprintete schwungvoll die Treppe hinab, indem er zwei Stufen auf einmal nahm. Der Kriminalbeamte klemmte den Fußabstreifer zwischen Pfosten und Tür, damit diese nicht zufiel und die Kriminaltechniker sie nicht mühsam wieder öffnen mussten. Mit Paula, die brav neben ihm hertrottete, trat er aus dem Haus, schob den Holzkeil, der in der rechten Ecke vom Eingang lag, unter die Haustür und ging mit Paula zum kleinen Mäuerchen, das den Vorgarten umfriedete. Er setzte sich, um gemeinsam mit der Hündin auf die Leute der Spurensicherung zu warten. Paula schnüffelte den Gehsteig ab, soweit es die Länge der Leine zuließ, und begann zu winseln. Sie zog so heftig, dass Ludenbeck beinahe vom Mäuerchen geplumpst wäre.

»Sachte, sachte, junge Dame«, rief er, stand auf und ließ sich von Paula ziehen. Sie waren nur wenige Meter gelaufen, als die Hündin abrupt vor einem leer stehenden Einfamilienhaus aus den 1970er-Jahren stoppte und Ludenbeck zum Eingang zog. Sie setzte sich ins hohe Gras neben den Plattenweg und nahm die typische Hunde-Kack-Haltung ein. Wenig später folgte das sichtbare Endergebnis eines intakten Stoffwechsels.

»Jetzt habe ich noch nicht einmal eine Tüte dabei, um den Haufen einzusammeln«, kommentierte

Ludenbeck leicht genervt. Angesichts des bereits dem Verfall preisgegebenen Gebäudes hatte er jedoch nur ein mäßig schlechtes Gewissen. Die Befürchtung, dass sich ein Fenster öffnete und Schimpftiraden auf ihn niederprasselten, musste er auch nicht haben. Dieses Haus war schon seit Jahren unbewohnt, da war er sich sicher.

Paula machte nach Verrichtung ihres Geschäfts keine Anstalten, das Grundstück zu verlassen. Im Gegenteil, sie zog ihn vor die Haustür, setzte sich hin und wimmerte. Hund und Kriminalhauptkommissar waren nicht weit von Judiths Wohnung entfernt. Der Einsatzwagen der Kriminaltechnik war gerade vor dem Mehrfamilienhaus angefahren, in dem Judith wohnte. Paula ließ sich nicht bewegen, Ludenbeck zu begleiten. So befestigte er kurzerhand die Leine am Griff der Eingangstür, in der Hoffnung, dass er Paulas Zerren standhielt, wenn die Hündin doch noch auf die Idee kommen sollte, sich loszureißen. Er eilte den Technikern entgegen, die gerade ihr Handwerkszeug aus dem Wagen luden, um die Spurensicherung vorzunehmen.

In knappen Worten setzte Ludenbeck die Kollegen ins Bild. »Ich vermute, dass sich in dem Haus etwas befindet, das uns weiterbringen kann.«

Er bat einen der älteren Kriminaltechniker, ihn zu dem verfallenen Einfamilienhaus zu begleiten und die Eingangstür zu öffnen. Es musste einen tieferen Grund haben, warum Paula sich so anstellte. Das Tier war sonst absolut gefügig und gut erzogen. Als die beiden Männer zu dem verwahrlosten Gebäude kamen, sprang die Hündin auf, winselte und kratzte im Stakkato an der Tür. Der Kriminaltechniker hatte Mühe, das Schloss mit dem Spezialwerkzeug zu entriegeln, weil das Tier ihm immer wieder zwischen die Beine sprang. Schließlich gelang es ihm doch. Es knackte und knarrte, als er die Tür nach innen aufdrückte.

Pfeilschnell sauste Paula ins Gebäude. Ludenbeck und der Kriminaltechniker folgten ihr. Sie war die Kellertreppe hinabgesprungen und stand jaulend vor dem verschlossenen Kellereingang. Wieder kratzte sie verzweifelt mit beiden Vorderpfoten an der Tür. Der Kriminaltechniker zückte erneut sein Werkzeug. Diesmal dauerte es lange, bis er das Schloss geöffnet hatte. Die Minuten verstrichen. Dem Mann standen bereits Schweißperlen auf der Stirn. »Sakrament nochemol, sou e' Schloss hatt' ich noch nie!«, schimpfte er. Er holte noch andere Werkzeuge herbei. Schließlich gelang es ihm, mit einem Spezialbohrer den Kellereingang zu öffnen. Paula war nicht mehr zu bremsen und schoss durch die Tür. Völlige Dunkelheit umfing die beiden Männer, als sie den Kellerraum betraten, der früher vermutlich der Vorratshaltung diente.

Ein Rascheln war zu hören. Der Kriminaltechniker zog eine Stablampe aus der Seitentasche seines Overalls und schaltete sie ein. Ludenbeck und sein Begleiter erstarrten. Spontan, nahezu synchron, riefen beide: »Ach du Scheiße!«

Kapitel 19

Die nordhessische Kripo hatte ganze Arbeit geleistet und nahezu lückenlos recherchiert, wo sich der ermordete Arthur Grob in den letzten Tagen vor seinem Tod aufgehalten hatte. Karin Blessow hatte mit den Kollegen der Polizeistation Grünberg telefoniert. Eine Anwohnerin hatte sich auf die Suchmeldung nach Elisabeth Grundmann gemeldet und von einem dunkelblauen Passat mit dem Kennzeichen EA-AG 22113 berichtet, der seit vielen Monaten in unregelmäßigen Abständen in der Stettiner Straße geparkt war.

»Gut, dass es die digitale Vernetzung gibt«, sagte die Hauptkommissarin. Sie war mit der Eingabe des Kfz-Kennzeichens des Passats, der auf Arthur Grob zugelassen war, auf die von den Grünberger Beamten eingegebenen Daten gestoßen. Sie hatte nachgelesen, dass die medizinische Fachangestellte Elisabeth Grundmann auf mysteriöse Weise verschwunden war. Sofort hatte die Kriminalbeamtin zum Telefon gegriffen. Sie wollte mehr erfahren. Der Grünberger Kollege hatte sie dann an die Kripo nach Gießen verwiesen, weil es laut seiner Aussage eine Verbindung zu einem länger zurückliegenden Fall gab.

Karin Blessow tippte die Telefonnummer ein, die ihr genannt worden war. »Kriminalpolizei Gießen, Hauptkommissar Volker Gries, mit wem spreche ich?«, tönte eine sonore Männerstimme, die sich sehr sympathisch anhörte.

»Guten Tag, Hauptkommissarin Karin Blessow aus Schwalmstadt. Ich hätte gerne nähere Informationen zur Vermisstenmeldung von Elisabeth Grundmann. Offensichtlich gibt es hier eine Verbindung zu einem Mordfall in Treysa. Schön, wenn Sie Amtshilfe leisten könnten. Der Kollege aus Grünberg sagte mir, es gibt noch eine ältere Geschichte, die möglicherweise mit beiden Fällen zusammenhängt.«

»Ja, Frau Kollegin, ich bin im Bilde. Ich ermittle in der Sache Grundmann. Da gab es nämlich vor fast dreißig Jahren eine schlimme Sache in Grünberg, in die unsere Dienststelle involviert war«, berichtete Gries. Das, was er zu erzählen hatte, war in der Tat eine üble Geschichte. Im Sommer 1988 war eine schwer verletzte junge Frau in einem Maisfeld zwischen Grünberg und Lauter von einem Spaziergänger gefunden worden. Sie war sehr schwer misshandelt worden. Ihr Leben hing an einem seidenen Faden. Kaum jemand rechnete damit, dass sie überleben würde. Doch die ärztliche Kunst und ein starker Überlebenswille hatte das vollbracht, womit niemand gerechnet hatte. Die junge Frau überlebte. Es handelte sich um Elisabeth Grundmann, die jetzt vermisst wird.

Karin Blessow erfuhr, es hatte sich um eine Vergewaltigung der allerübelsten Art gehandelt. Elisabeth Grundmann war in der Nacht im Brunnental spazieren gegangen, um etwas frische

Luft zu schnappen. Wie sie später, als sie wieder bei Bewusstsein war, aussagte, hatte sie einen Schlag auf den Kopf gespürt und von da an nichts mehr. Der Täter hatte brutal zugeschlagen und sie vergewaltigt. Neben einem Schädelbruch hatte sie mehrere Rippenbrüche, Frakturen an den Extremitäten und innere Blutungen.

»Ich könnte kotzen – und zwar im Strahl«, kommentierte die Kriminalbeamtin die Details. Sie stöhnte laut, als der Gießener Kollege mit der Zusammenfassung fortfuhr und sagte: »Schlimm war, dass Elisabeth Grundmann schwanger wurde. Das Kind, ein Mädchen, wollte sie aber nicht abtreiben lassen und brachte es neun Monate später zur Welt. So weit ich weiß, wuchs die Kleine bei Pflegeeltern auf.«

»Das ist ja der Hammer, die arme Frau!« Karin Blessow schüttelte den Kopf.

»Damals war die Forensik noch nicht so weit fortgeschritten, aber mit Sicherheit gibt es noch Material mit DNA-Spuren. Wir müssten allerdings eine Gegenprobe zur Verfügung haben, die uns auf die Spur des damaligen Täters führt«, fasste der Gießener Kripobeamte zusammen.

»Das, was Sie mir jetzt erzählt haben, motiviert mich, der Sache noch tiefer auf den Grund zu gehen. Mein Instinkt sagt mir, es gibt Zusammenhänge, die wir bis jetzt noch nicht wissen, aber die auf die Spur des Täters führen. Auf jeden Fall danke ich Ihnen erst einmal für die Informationen. Wir bleiben in Kontakt.« Die Kriminalbeamtin beendete das Telefonat, nachdem sie sich mit den üblichen Floskeln verabschiedet hatte.

Karin Blessow ging noch einmal die einzelnen Stationen durch, die Arthur Grob vor dem Mord in Treysa durchlaufen hatte. Klar war, er hatte in der Nähe von Aschaffenburg einen Kunden besucht und war von dort aus über die A 45 in Richtung Gießen gefahren. Nach Aussage der Anwohnerin aus Grünberg hielt sich der Ermordete häufig in der hessischen Kleinstadt auf und hatte seinen Wagen ganz in der Nähe von Elisabeth Grundmanns Wohnung abgestellt.

***

Der anonyme Anrufer, der sie bei den Kollegen in Grünberg als vermisst gemeldet hatte, musste Arthur Grob gewesen sein. Eine Stimmanalyse würde das bestätigen. Auf dem Smartphone, das die Kollegen der Kriminaltechnik bei dem Ermordeten gefunden hatten, war seine Stimme auf der Mailbox-Ansage gesichert. Außerdem hatten die Jungs und Mädels der KTU nicht lange suchen müssen, um herauszufinden, dass Grob die Telefonnummer der Grünberger Polizeistation recherchiert hatte.

»Ich werde mal mit den Kollegen in Aschaffenburg Kontakt aufnehmen. Vielleicht gibt es ja in der Mordsache Grob eine Verbindung von Nordbayern nach Mittelhessen«, sagte Karin Blessow zur Sekretärin Lissy Bloch, die gerade den Raum betrat.

»Lissy, kannst du mir bitte mal den Leiter der dortigen Kripo an die Strippe holen?«

»Klar, mache ich, Chefin«, antwortete Lissy, setzte sich an ihren Schreibtisch am Eingang und schaltete ihren Rechner ein. Mit wenigen Mausklicks war sie auf der Seite der Aschaffenburger Kripo gelandet und hatte herausgefunden, wer Leiter der Dienststelle war und welche Durchwahl er hatte.

»Ihr Kollege in Aschaffenburg heißt Anselm Ludenbeck. Ich stelle gleich mal durch.«

Kapitel 20

Der Lichtkegel der Stablampe beleuchte ein Menschenbündel, das zusammengekrümmt in der rechten Ecke des Kellerverlieses lag. Anselm Ludenbeck eilte zu ihm. »Mein Gott, das ist Judith Welser!«, rief er. Seine Stimme überschlug sich. Er legte zwei Finger an ihren Hals. »Sie lebt noch, der Puls ist zu spüren, wenn auch schwach«, sagte er aufgeregt und forderte den an der Tür stehenden Kollegen auf, sofort den Notarzt zu alarmieren. Ludenbeck eilte zu ihm und entriss ihm die Stablampe, kniete sich vor Judith, strich ihr über den Kopf und redete auf sie ein. Es war ihm egal, ob er jetzt Spuren verwischte, die auf den Täter hindeuteten.

»Judith, hören Sie mich? Nicht einschlafen! Gleich kommt Hilfe!« Es war die nackte Verzweiflung und die große Sorge um Judith, die Ludenbecks zitternde Stimme ausdrückte. Die junge Frau presste ein kaum wahrnehmbares Stöhnen aus ihren verkrusteten Lippen.

»Gut so, Mädchen!« Ludenbeck standen die Tränen in den Augen. Er streichelte behutsam die Wange der jungen Frau und sprach leise auf sie ein. »Du schaffst das, du bist stark!«

Das Tatütata des Martinhorns, dessen schrilles Aufjaulen immer näher kam, erfüllte den Beamten mit einem Glücksgefühl, das er in dieser Art noch nie zuvor verspürt hatte. Wenige Sekunden später sprinteten Notarzt und Sanitäter in den Raum. Nachdem Judith professionell versorgt und auf eine Trage gebettet in den Rettungswagen geschoben worden war, durchfuhr Ludenbeck ein Zittern. Er befand sich vor dem Gebäude, in dem er Judith gefunden hatte. Sein Blick folgte dem Rettungswagen, der, so wie er angekommen war, wieder mit Blaulicht und eingeschaltetem Martinshorn davonbrauste.

Ludenbeck atmete tief ein und versuchte, sich wieder in den Griff zu bekommen. Gefühlsausbrüche, wie er sie eben erlebt hatte, waren eigentlich nicht seine Art. Im Laufe seiner Tätigkeit als Kriminalbeamter hatte er lernen müssen, Abstand zu wahren und Emotionen auszuklinken. Professionalität im Polizeiberuf war das A und O, um nicht in den Sog des emotionalen Ausbrennens zu geraten. Das war in diesem Metier keine Seltenheit und hatte schon viele seiner Kollegen getroffen.

Keine Frage, er empfand mehr für Judith, als er sich eingestehen wollte. Das war ihm schon klar geworden, als sie sich nicht gemeldet hatte und er in großer Sorge um sie war. »Die Frau ist dreißig Jahre jünger als du, du alter Trottel«, schalt er sich. Ludenbeck hatte das starke Bedürfnis, sich gegen die Stirn zu schlagen, um seine Gedanken zurückzudrängen. Die herbeieilenden Kollegen der KTU, die das Gebäude und insbesondere den Kellerraum auf Spuren untersuchen wollten, rissen ihn aus seinen Überlegungen.

Er ging zu seinem Wagen, der durch die Sonneneinstrahlung mächtig aufgeheizt war, entriegelte ihn, stieg ein und startete den Motor. Das Lenkrad war glühend heiß. Er musste eine Weile warten, bis die Klimaanlage das heiße Wageninnere auf erträgliche Temperaturen reduziert hatte.

Ludenbeck fuhr zum Parkhaus am Kreisel und stellte dort seinen Wagen auf einen der noch zwei freien Plätze ab. Er blieb sitzen. Er wollte zur Ruhe kommen. Die Szene mit der halb toten Judith im dunklen Kellerraum ging ihm nicht aus dem Kopf. Wer war nur auf die Idee gekommen, sie aus dem Weg zu räumen – und vor allem, warum? Er kam nicht dazu, weiter darüber nachzugrübeln. Das Mobiltelefon vibrierte in seiner Hosentasche. Unmittelbar folgte die Melodie von Beethovens Fünfter. Umständlich zog er das Gerät heraus und nahm den Anruf entgegen.

»Guten Tag, hier ist Karin Blessow, Kripo Nordhessen, spreche ich mit dem Kollegen Ludenbeck aus Aschaffenburg?«

Ludenbeck räusperte sich. »Ja, den haben Sie direkt am Rohr. Was ist der Grund, dass eine Kriminalbeamtin aus Nordhessen einen Kollegen aus dem bayerischen Nizza kontaktiert?«

»Wir haben einen Mord in Treysa. Ein Handelsvertreter wurde um die Ecke gebracht. Übrigens habe ich gerade den Obduktionsbericht vorliegen. Eine tödliche Dosis Kaliumchlorid hat ihm das Lebenslicht ausgeblasen. Möglicherweise gibt es eine Verbindung nach Aschaffenburg und Umgebung. Es könnte sich auch um einen Zusammenhang mit einer alten Geschichte in Grünberg handeln, die ungefähr dreißig Jahre zurückliegt«, antwortete Blessow.

»Donnerlittchen!« Ludenbeck konnte seine Überraschung nicht verbergen. »Grünberg, sagen Sie? – Ja, wir haben hier einen Fall, wo Grünberg eine Rolle spielt. Es handelt sich um einen Mord in Obernburg an einem gewissen Reinfried Bärbach, der in jungen Jahren mal in Grünberg gelebt hat. Ein unsympathischer Zeitgenosse, der viel verbrannte Erde hinterlassen hat und dem niemand eine Träne nachweint. Können Sie mir mehr über Ihren Mordfall und die Verbindung nach Grünberg erzählen?«

Karin Blessow berichtete, was in Treysa geschehen war und was ihr der Gießener Kollege vom Vergewaltigungsfall vor dreißig Jahren erzählt hatte. »Wenn wir die jetzt gesicherte DNA mit den Asservaten vergleichen könnten, die vor dreißig Jahren gefunden wurden, könnten wir möglicherweise schlauer werden«, sagte sie.

»Dann werden wir das mal tun und uns mit der Gießener Kripo kurzschließen«, antwortete Ludenbeck.

Kapitel 21

Eine Berührung am Kopf und eine Stimme, die aus einer anderen Welt zu kommen schien, ihr aber irgendwie bekannt vorkam: Befand sie sich nun auf dem Weg durch die Schleuse, die ins Jenseits führte? Sie spürte, wie allmählich alle Kraft aus ihrem Körper wich. Ohne Hoffnung glitt sie auf den Boden und hatte nur noch das Bedürfnis, es möge schnell zu Ende gehen. Sie dachte an Paula, ihren Vater und an Anselm Ludenbeck. Ein Hund und zwei Männer, die ihr am nächsten standen. Was für ein Leben! Hätte sie nicht mehr daraus machen können?

»Frau Welser, Frau Welser, wachen Sie auf!« Der Befehlston, der in dieser Stimme lag, konnte wohl kaum zu einer ätherischen Engelsgestalt gehören, die Judith zum Himmelstor begleiten würde. Oder war sie doch in der Hölle gelandet? Hatte sie sich so völlig danebenbenommen? Würde Luzifer höchstpersönlich zur Tat schreiten, um Judith für alle Verfehlungen in ihrem fünfunddreißigjährigen Leben zur Verantwortung zu ziehen?

Judith öffnete mühsam die Augen und blickte in das Gesicht eines ihr vollkommen unbekannten Mannes um die fünfzig mit Geheimratsecken. Ihn zierte eine Brille, die ihm Ähnlichkeit mit einem bayerischen Politiker verlieh, der aufgrund eines gescheiterten Gesetzes zur Pkw-Maut in die Annalen der

Geschichte eingehen würde. Aber Politiker war dieser Mensch mit Sicherheit nicht. Er sah viel zu vertrauenserweckend aus.

»Da ist sie ja!« Ein Lächeln erhellte das Gesicht des Brillenträgers, der weiße Kleidung trug und dem ein Stethoskop auf der Brust baumelte. Das konnte nicht die Hölle sein, denn der Teufel trägt Schwarz und stinkt nach Schwefel. Dieser Mann verströmte eher einen antiseptischen Geruch. Nach und nach wurde Judith bewusst, sie befand sich nicht in der Hölle, sondern lag in einem Krankenhausbett.

»Da haben Sie noch mal richtig Glück gehabt«, sagte die Brille in Weiß. »Sie waren völlig dehydriert. Noch ein paar Stunden später, und es wäre vorbei gewesen mit dem schönen Leben.«

»Der Mann hat einen komischen Humor«, dachte Judith. Erst jetzt nahm sie die mit weißem Pflaster befestigte Nadel auf ihrem Handrücken wahr. Beim Blick nach links sah sie einen Infusionsständer, an dem eine Plastikflasche mit einer wässrigen Flüssigkeit hing. Judith wollte den Mund öffnen, fragen, wo sie sich befindet und was mit ihr gemacht wird. Die Lippen schienen wie mit Sekundenkleber verschweißt. Die Zunge lag wie ein unbeweglicher Felsbrocken in ihrem Mund.

»Geduld, Geduld«, redete der Brillenmann auf sie ein. »Ich schaue dann später noch mal rein. Derweil schicke ich Ihnen Schwester Susi, die Ihnen was auf Ihre verkrusteten Lippen träufeln und ihren Mund befeuchten wird.« Er drehte sich um, ging zur Tür und verließ den Raum.

Nachdem Schwester Susi ein Wunderwerk vollbracht hatte und Judith sogar ein zartes Danke formulieren konnte, war die Welt wieder einigermaßen in Ordnung. Judith schloss die Augen und schlief ein.

Als sie wieder wach wurde, stand eine Vase mit duftenden gelben Rosen auf ihrem Nachttisch. Daneben lag ein Zettel, vermutlich aus einem Notizbuch herausgerissen. Darauf stand in geschwungenen Lettern: »Komme noch mal wieder. Wollte nicht stören. Gruß, Ludenbeck.«

Judiths Ungeduld wuchs, als der Beamte nach ihrem Abendessen mit bleichen Brotscheiben und noch bleicherer Wurst noch immer nicht erschienen war. Er musste die Rosen am frühen Nachmittag gebracht haben. Schwester Susi hatte ihr berichtet, ein älterer Herr sei nach dem Mittagessen im Flur gewesen und habe sie um eine Vase für die weißen Rosen gebeten, die er in der Hand hielt. Das musste Ludenbeck gewesen sein.

Es ging schon auf zwanzig Uhr zu, als sich die Tür öffnete und Ludenbeck eintrat. Ein Leuchten huschte über sein Gesicht, als er Judith im Krankenhausbett sitzen sah und sie ihn erwartungsvoll anschaute.

»Da ich eindeutig der Ältere bin, halte ich es für angemessen, Ihnen das Du anzubieten, nach allem, was wir gemeinsam erlebt haben«, sagte Ludenbeck.

Das Leuchten, das von ihm ausging, übertrug sich auf Judith. Er hatte sich für seine Verhältnisse richtig schick gemacht, trug eine helle Sommerhose und ein grünes Polohemd. Sein sonst so wirr vom Kopf abstehendes Haar hatte er geglättet. Er sah richtig gut aus, wie Judith fand. In der rechten Hand hielt er eine Stofftragetasche.

Sie antwortete: »Also gut, alter Recke, lass uns Brüderschaft trinken. Ich habe zwar nur Mineralwasser, aber wenn du noch ein Glas besorgst, stellen wir uns vor, es wäre Schampus.«

»Brauchen wir nicht!« Mit Schwung holte Ludenbeck eine Piccoloflasche und zwei Sektkelche aus der mitgebrachten Tasche. Die Gläser hielt er am Stil nach unten. »Voilà!«, kommentierte er.

Ludenbeck stellte die beiden Sektkelche auf das Schränkchen neben Judiths Krankenbett. Dabei rückte er die Vase mit den Rosen etwas zur Seite. Dann öffnete er die Piccoloflasche und schenkte ein. Es dauerte eine Weile, bis er beide Gläser gefüllt hatte. Der Schaumwein machte seiner Bezeichnung alle Ehre. Er reichte Judith einen der beiden gefüllten Sektkelche, setzte sich auf den Bettrand, nahm das zweite Glas in die Hand und prostete Judith zu.

»Moment, das müssen wir ganz stilecht machen!« Judith führte ihre Hand mit dem Sektglas um Ludenbecks Armbeuge. »So, und jetzt auf du und du!« Beide tranken fast gleichzeitig einen kräftigen Schluck und lösten sich behutsam aus der rituellen

Haltung. Judith stellte ihr Glas wieder ab und forderte ihren Duzbruder mit einem tiefen Blick in die Augen auf, es ihr nachzutun. Sie schlang beide Arme um seinen Hals und drückte ihm einen weichen Kuss auf den Mund. «Ich heiße Judith und du? – Ich meine Anselm!«, sagte sie und setzte ein spitzbübisches Lächeln auf.

»Ja, stimmt,«antwortete Ludenbeck mit kratziger Stimme, drückte Judith an sich und küsste sie in den Nacken.

»So viel Leidenschaft hätte ich dir gar nicht zugetraut!", säuselte sie und ließ sich in die Kissen fallen. »Hu! Mir ist ganz schwindelig. Ich glaube, das war jetzt alles ein bisschen zu viel hintereinander!«

Ludenbeck rang um Fassung. »Da liegst du nicht ganz verkehrt«, antwortete er, »schließlich haben wir dich erst vor zwei Tagen halb tot in einem Kellerloch gefunden. Ich habe immer wieder nach dir geschaut, und als der Arzt sagte, dass du eventuell heute Mittag wieder ansprechbar und einigermaßen auf dem Damm sein wirst, wollte ich mich persönlich davon überzeugen. Aber jetzt lasse ich dich in Ruhe und werde die Spuren unseres Exzesses beseitigen.«

Er nahm die beiden noch halb vollen Gläser, ging damit ins Bad, kippte den Inhalt ins Waschbecken und spülte mit Wasser nach. Mit Papiertüchern rieb er die Sektkelche trocken, kam ins Krankenzimmer zurück und legte die Gläser zusammen mit der leeren Flasche wieder in die mitgebrachte Tasche.

»Jetzt werde erst mal richtig gesund, dann können wir ja testen, wie weit es mit meiner Leidenschaft her ist!« Ludenbeck gab Judith einen sanften Kuss auf die Stirn, schaute ihr kurz, aber tief in die Augen und verließ mit einem »Servus bis morgen!« das Zimmer. Judith fühlte sich wie auf Wolke sieben.

Kapitel 22

Die Männer der Kriminaltechnik hatten ganze Arbeit geleistet und DNA-Spuren gesichert, die Hinweise auf Judiths Entführer geben konnten. Hautschuppen und Haare, die im Keller gefunden wurden und nicht mit Judiths DNA übereinstimmten, bedeuteten möglicherweise eine erste heiße Spur zum Täter. Der Abgleich über die Datenbank war zwar aufwendig, aber sehr oft zielführend. Die Forensik ermöglichte es anhand eines DNA-Abgleichs, Taten, die schon viele Jahre zurücklagen, aufzuklären.

Es war der Tag vier nach Judiths Rettung, als Ludenbeck in seinem Büro saß, träumend aus dem Fenster blickte und an Judith dachte. Das Schrillen des Telefons unterbrach sein geistiges Schweben auf rosaroten Wolken. Seufzend nahm er das Gespräch an. Gut zehn Minuten hörte er wie paralysiert zu und kommentierte nur mit Ja, Nein oder Okay. Nebenbei machte er sich Notizen auf einem Spiralblock. Als er aufgelegt hatte, ließ er sich in die Rückenlehne seines Bürosessels fallen und atmete tief durch.

Das, was ihm der Leiter der Kriminaltechnik durchgegeben hatte, war der Knaller schlechthin. Der Abgleich mit der im Keller gefundenen DNA hatte Erstaunliches ergeben. Bei dem gesicherten Material handelte es sich um die DNA einer Blutsverwandten von Bärbach. Es war seine

Tochter, von der Genmaterial gefunden worden war. Das hatte die Schnellanalyse ergeben. Es gab auch eine Querverbindung zu dem Vergewaltigungsfall in Grünberg. Bei den vor knapp dreißig Jahren sichergestellten Asservaten und dem Abgleich mit dem aktuell vorliegenden Genmaterial hatten die Forensiker das damalige Opfer, die aktuell vermisste Elisabeth Grundmann, als Mutter von Bärbachs Tochter identifiziert.

Ludenbeck war erschüttert. Er musste herausfinden, wer die Tochter war und wo die Mutter steckte. Wenn ihm das gelang, konnte er den Fall lösen.

Judith war mittlerweile aus dem Krankenhaus entlassen worden. Sie war erstaunlich schnell wieder auf die Beine gekommen. Allerdings musste sie sich noch schonen. Er war der Ansicht, ihr die neuen Fakten nicht vorenthalten zu dürfen. Er riss das Blatt mit den Notizen ab, faltete es zusammen, steckte es in die Brusttasche seines Polohemdes, fingerte den Schlüsselbund vom Schreibtisch und eilte zu seinem Wagen, um nach Obernburg zu fahren.

Es herrschte reger Verkehr auf der B 469. Ludenbeck zog es vor, die Abfahrt auf die B 426 in Richtung Odenwald zu nehmen, statt den direkten Weg über die Mainbrücke zu wählen. Als Linksabbieger hatte er schlechte Karten, denn die Brücke zwischen Obernburg und Elsenfeld war an Werktagen in beiden Richtungen stark befahren. Wenn er den Weg über die B 426 und über den Mühlrain nahm, war er schnell in der Siegfriedstraße. Es kostete ihn auch weniger Nerven. Er stellte seinen Wagen ab, stieg aus, verriegelte ihn und strebte zum Eingang. Als Judith nach zweimaligem Klingeln nicht öffnete, wurde ihm mulmig zumute. Ein galliger Geschmack stieg ihm in die Mundhöhle.

Ludenbeck zog seinen Geldbeutel aus der Gesäßtasche und nahm die Bonuskarte eines Lebensmittelmarktes heraus, die er sowieso nie benutzte. Oft genug hatte er Türen auf diese Art geöffnet. Er wusste spätestens seit Judiths Befreiung, bei dem Schloss an der Haustüre handelte es sich um eine Nullachtfünfzehn-Ausführung. Das hatte ihm der Kriminaltechniker erklärt, der die Tür geöffnet hatte. Es grenzte an ein Wunder, als Ludenbeck schon beim ersten Versuch Glück hatte und er den Schließer mit der Karte zurückdrücken konnte. Er legte den Holzkeil, der sich am Kellerabgang befand, zwischen Tür und Rahmen, damit ein Rettungstrupp, falls erforderlich, schnellen Zugang hatte. Wenn Judith nicht abgeschlossen hatte, dann würde er auch die Tür zu ihrer Wohnung in Nullkommanix knacken.

Gesagt, getan. Mit einem dezenten Klack öffnete sich die Tür einen Spalt, als er die Karte angesetzt und in Richtung Türknopf bewegt hatte. Er spähte in den Flur und sah Paula, die leblos auf dem Boden lag. Ludenbeck drückte sich an der Wand entlang, Schritt für Schritt, und hielt in jeder Bewegung inne. Als er Paula erreicht hatte, nahm er wahr, wie sich ihr kleiner Brustkorb hob und senkte. Also atmete sie und lebte noch. Vorsichtig reckte er den Hals, um einen Blick ins Wohnzimmer zu werfen. Judith saß auf einem Stuhl, die Beine mit einem Kabelbinder gefesselt. Die Arme waren nach hinten verdreht, vermutlich auch gefesselt. Vor ihr stand eine Gestalt, von der Ludenbeck annahm, dass es sich um eine Frau handelte. Er konnte nur ihre Hände erkennen, und die waren für einen Mann viel zu zierlich.

»Was habe ich Ihnen getan?«, fragte Judith.

»Sie haben meine Pläne durchkreuzt und sind mir zu nahegekommen«, antwortete ihr Gegenüber. Der Stimme nach musste es sich um eine jüngere Frau handeln, ungefähr in Judiths Alter oder noch jünger.

»Sie haben mich immer beeindruckt. Ihr Engagement für Jugendliche, Ihre toughe Art im Stadtrat und Ihre Klugheit. Ich kann einfach nicht verstehen, was in Ihnen vorgeht«, sagte Judith. In ihrer Stimme lag Verzweiflung. »Warum haben Sie mich in das dunkle Kellerverlies gesteckt, um mich dort auf grausamste Art verdursten zu lassen?«

»Leute wie Sie sind schuld, dass die Gewalt an Frauen verharmlost wird! Die Reporterin der Gießener Allgemeinen hat es damals sogar so hingestellt, als wäre meine Mutter selbst an allem schuld!«

Die Hände der Gestalt bewegten sich auf Judith zu. Nun sah Ludenbeck sie im Profil. Es handelte sich um eine attraktive junge Frau, Mitte, Ende zwanzig, brünett, mit kurzen Haaren. Nur wenige Zentimeter war sie jetzt von Judith entfernt und beugte sich zu ihr herab, um ihr direkt in die Augen zu schauen.

»Als ich herausbekommen habe, wie ich gezeugt wurde, wie meine Mutter gelitten hat, was ihr mein Erzeuger angetan hatte und wie sie über Jahre hinweg von Männern ausgebeutet wurde, musste ich sie unterstützen. Und Sie? Sie waren mir zu dicht auf den Fersen. Ich musste handeln. Kurz und schmerzlos, das wäre nicht genug gewesen. Sie sollten spüren, wie sich Verzweiflung anfühlt! Leute wie Sie, die nur im Dreck wühlen und das Leid von Menschen noch vergrößern – pah! Sie sind Abschaum!«

Die junge Frau spuckte Judith ins Gesicht und ging einige Schritte zurück. Sie war jetzt nur noch entfernt zu hören, als sie sagte: »Ihr alle tut so, als wärt ihr die reinsten Engel. Aber ihr seid niederträchtig und gemein. Meine Pflegeeltern waren so, meine Adoptiveltern auch,...!« Die letzten Satzfragmente konnte Ludenbeck nicht mehr verstehen. Die Frau musste sich jetzt im hinteren Teil des Raumes befinden. Als sie wieder zu sehen war, hielt sie in der rechten Hand eine Spritze.

Der Kriminalbeamte hielt den Atem an. Im nächsten Augenblick löste er sich aus der Erstarrung, machte einen großen Satz ins Wohnzimmer, warf sich auf die Frau und schlug ihr im Fallen die Spritze aus der Hand, die im weiten Bogen durch den Raum flog und in einem Blumentopf stecken blieb. Er kniete auf dem Rücken der Frau und wandte den ultimativen

Polizeigriff an, der selbst dem härtesten Rabauken die Tränen in die Augen trieb.

»Mensch, Anselm, das war ja verdammt knapp«, sagte Judith, die am ganzen Körper zitterte. Es war eine besondere Art von Galgenhumor, den sie entwickelte, um ihre abebbende Angst zu kaschieren. »Du solltest der Dame Handschellen verpassen und sie an das Balkongeländer ketten, damit sie keinen Schaden mehr anrichten kann.«

»Ich werde sie wohl zu meinem Wagen schleifen müssen, denn dort liegen die von dir begehrten Armbänder«, antwortete Ludenbeck etwas atemlos. Er kniete immer noch auf dem Rücken der Frau und hatte ihren Arm nach hinten gedreht. Aus ihrem Mund kam ein lautes Stöhnen. Ihr Kopf lag auf der Seite und das, was von ihrem Gesicht zu erkennen war, war schmerzverzerrt.

»Die Dame heißt übrigens Vera Reis. Ich hielt eigentlich große Stücke auf sie. Kannst du bitte mal einen Zahn zulegen? Die Kabelbinder schneiden mir ins Fleisch und mein linker Fuß ist eingeschlafen. Tut sauweh!«

Ludenbeck fingerte mit der freien Hand sein Mobiltelefon aus der Hosentasche und legte es auf den Boden. Den rechten Arm von Vera Reis hielt er weiterhin im Polizeigriff. Er wählte die gespeicherte Nummer der Polizei in Obernburg an und anschließend auf das Lautsprechersymbol. Als sich der Diensthabende meldete, sagte er: »Hier

Ludenbeck. Es ist sehr dringend! Sie kennen ja bereits die Adresse von Frau Welser. Und bringen Sie unsere schönen Exklusiv-Armbänder mit. Wir müssen eine dringend Tatverdächtige abführen, auf der ich gerade knie. Ich weiß nicht, wie lange das meine arthrotischen Gelenke noch aushalten.«

Die Beamten in ihren grün-beigen Uniformen schienen geflogen zu sein. Kaum hatte Ludenbeck das Telefonat beendet, stürmten sie mit gezückten Pistolen in Judiths Wohnung. Ludenbeck erhob sich mühsam und ließ die Kollegen ihre Arbeit machen. Vera Reis leistete keinen Widerstand. Ihr Gesicht war noch immer schmerzverzerrt. Ihr Blick war von Trauer umwölkt. Sie war mit ihrem Vorhaben gescheitert.

Als Ludenbeck Judiths Fesseln gelöst hatte, rieb sie sich die schmerzenden Stellen. »Ich glaube, jetzt geht's«, sagte sie und stand auf.

Zwischenzeitlich hatte Ludenbeck ein Stück von der Küchenrolle abgerissen, die auf dem Tisch lag, und die Spritze aus dem Topf mit Blumenerde gezogen, in der ein prachtvoller Ficus eingepflanzt war. Aus der linken Hosentasche zog er einen Asservatenbeutel und ließ die Spritze hineinfallen. »Ich muss aufpassen, dass ich mich nicht piekse«, sagte er und legte den Beutel neben die Küchenrolle auf den Tisch.

Judith ging auf ihn zu, er nahm sie in den Arm und spürte ihr Zittern. Er küsste ihr Haar. »Ich bin verdammt froh, dass ich noch rechtzeitig gekommen bin«, sagte er.

»Und ich erst!« Judith löste sich aus der Umarmung und bat Ludenbeck, ihr ein Glas Wasser zu holen. Zum Zittern gesellte sich Zähneklappern. Sie ließ sich auf das Sofa fallen, das nicht weit entfernt mitten im Raum stand. Judith hatte es für gemütliche Stunden vor dem Fernseher oder zum Mümmeln mit einem guten Buch in der Hand bei schöner Hintergrundmusik gekauft.

»Ich muss mich zusammenreißen. Ludenbeck soll nicht merken, wie beschissen ich mich fühle«, dachte sie.

Erst jetzt wurde ihr bewusst, dass Paula auf dem Boden lag und sich nicht rührte. Sie eilte zu ihrem Hund und streichelte ihn. »Paula, Paula, was hat sie dir getan!?« Als sei dies ein Zauberspruch, hob Paula den Kopf und blickte Judith schläfrig an. Dabei klopfte sie mit dem Schwanz einen langsamen Rhythmus. Im Zeitlupentempo erhob sich das Tier, schüttelte sich und bewegte sich auf unsicheren Hundebeinen auf Judith zu.

»Gott sei Dank hat sie Paula nur betäubt und nicht gleich umgebracht.« Judith strich ihrem Hund über den Kopf. Zu Ludenbeck gewandt sagte sie: »Jetzt müssen wir nur noch herausfinden, wie die ganze Sache abgelaufen ist, was der Hintergrund war, wer die Morde geplant und ausgeführt hat, Mutter oder Tochter, möglicherweise sogar beide zusammen.«

Judiths Zittern hatte zwar nachgelassen, aber Ludenbeck bestand darauf, die ärztliche Kunst zu beanspruchen. Er zückte zum wiederholten Mal an diesem Tag sein Mobiltelefon und forderte über die Zentrale einen Arzt an. Für ihn war es keine Frage: Judith hatte einen Schock erlitten. Das zweite Mal in kurzer Zeit.

Vera Reis hatte nicht lockergelassen, nachdem ihre Absicht missglückt war, Judith im Kellerloch sterben zu lassen. Bei diesem Versuch wollte sie auf Nummer sicher gehen. Die Flüssigkeit, die sich in der Spritze befand, war sicherlich tödlich, wie sich später bei der Analyse im Polizeilabor herausstellen würde. Arthur Grob hatte weniger Glück gehabt. Ihn hatte die chemische Keule niedergestreckt und getötet. Es war leicht, herauszufinden, ob Vera Reis zum Zeitpunkt der Tat ein Alibi hatte. Ob sie wirklich die Mörderin von Grob und möglicherweise auch von Bärbach war, konnte eine lange Ermittlungsarbeit bedeuten.

Diese Überlegungen schossen Ludenbeck durch den Kopf, als Judith ärztlich versorgt war und schlafend auf ihrem Sofa lag. Er hatte die leichte Baumwolldecke genommen, die über dem Sessel hing, und sie damit zugedeckt. Paula hatte es sich bereits in ihrem Körbchen in der Nähe der Balkontür gemütlich gemacht und sich zusammengeringelt.

Ludenbeck ging in Judiths kleines Büro und nahm einen Notizblock, der neben dem zugeklappten Laptop lag. Judith hatte einige Zahlen darauf gekritzelt. Er nahm das nächste, noch unbeschriebene Blatt, fischte einen Bleistift aus dem Schreibgeräteköcher und schrieb: »Ich bin in Gedanken bei dir. Melde dich, wenn du wieder wach bist. Anselm.« Darunter malte er ein Herz.

Kapitel 23

Vera Reis schwieg. Sie schwieg auch noch am dritten Tag ihrer Festnahme. Aus ihr war nichts herauszubekommen. Ihr war lediglich der Mordversuch an Judith nachzuweisen. Eigentlich waren es ja zwei Mordversuche. Die Vernehmungen mit der offensichtlich psychisch gestörten Frau gestalteten sich als One-Man-Show. Ludenbeck redete, Vera Reis saß ihm mit gesenktem Kopf gegenüber und betrachtete trotzig ihre Hände, die sie in den Schoß gelegt hatte.

So musste sich der Kriminalhauptkommissar auf das konzentrieren, was die bisherigen Ermittlungen ergeben hatten und weitere Daten und Fakten sammeln. Vor allen Dingen musste er herausfinden, wo Elisabeth Grundmann steckte. Er wusste wenig von ihrem persönlichen Umfeld. Eventuell konnten die Kriminalbeamten in Gießen etwas herausfinden.

Die nette Kollegin aus Schwalmstadt hatte Ludenbeck den ermittelnden Beamten und seine Durchwahl genannt. Die Notiz befand sich auf dem Zettelspieß, der neben dem Telefonapparat auf dem Schreibtisch stand. Der Spieß stammte aus einer Zeit, als die Beamten ihre Berichte auf mechanischen Schreibmaschinen tippten. Über viele Jahre hinweg hatte sich dieses antiquarische Teil als sicherstes Mittel erwiesen, wichtige Notizen aufzubewahren und vor allem auch wiederzufinden. Ludenbeck liebte den Zettelspieß. Er würde ihn mitnehmen, wenn er seine Pension antrat. Ein Erinnerungsstück.

Mit Daumen und Zeigefinger seiner rechten Hand hob er die Papiere an, die er in den letzten Tagen auf den Spieß gesteckt hatte. «Richtig, hier ist er ja, der Zettel mit dem Namen des Kollegen aus Gießen und seiner Durchwahl», rief Ludenbeck erfreut. Er musste die Notiz gar nicht erst herausnehmen, denn alles, was er benötigte, war auf den unteren Abschnitt des Papiers zu sehen. Er nahm den Telefonhörer und tippte die Ziffern ein. Es kam kein Freizeichen. Volker Gries, der hessische Kollege, meldete sich sofort.

»Hier Anselm Ludenbeck, Kripo Aschaffenburg. Haben Sie auf meinen Anruf gewartet, oder gehen Sie immer so zackig ans Telefon?«

»Nein, Herr Kollege. Reiner Zufall. Ich hatte gerade ein Gespräch beendet und war deshalb so schnell. – Wie kann ich Ihnen helfen?«

Ludenbeck erzählte, was geschehen war und bat Volker Gries, im Umfeld der vermissten Elisabeth Grundmann zu recherchieren. »Wir kommen hier nicht weiter, denn die Tochter hüllt sich in Schweigen. Aus ihr ist nichts herauszubekommen. Wenn wir die Mutter finden, können wir vielleicht etwas mehr Licht ins Dunkel bringen.«

»Ja, ich habe mit Interesse verfolgt, was in Obernburg abgelaufen ist«, antwortete Gries. »Wir werden mal bei ihren Kolleginnen in der Arztpraxis nachfragen, was Elisabeth Grundmann privat so getrieben hat. Möglicherweise kommen wir auf diese Art zu Angaben, die uns zu der Vermissten führen. Sobald wir etwas Brauchbares herausgefunden haben, sagen wir Ihnen Bescheid.«

»Danke, Herr Kollege, und viel Erfolg«, sagte Ludenbeck und legte auf. Er fuhr sich mit beiden Händen durchs Haar, lehnte sich zurück, streckte beide Beine unter den Schreibtisch und atmete tief durch. Er schaltete den Rechner ein, wartete, bis die Aufforderung zur Passworteingabe auf dem Bildschirm erschien, loggte sich ein und gab den Namen Vera Reis ein. Eine Seite mit einer endlos langen Liste erschien. Die auf weitere zehn Seiten verwies. Den Namen gab es sehr häufig. Sogar eine Handcreme hieß so. Er musste die Suche eingrenzen und tippte die Kombination Vera+Reis+Obernburg+Grünberg in die Tastatur. Der Polizeirechner arbeitete rauschend und knackend. Nach einigen Sekunden konnte Ludenbeck das Ergebnis seiner Suche vom Bildschirm ablesen. Es ließ ihn erschaudern, was er da las.

Vera Reis, vormals Grundmann, wurde in Gießen geboren und vom dortigen Jugendamt gleich zu einer Pflegefamilie nach Buseck vermittelt, wo sie auch die ersten beiden Jahre ihres jungen Lebens blieb. Ihre Mutter, Elisabeth Grundmann, lebte weiterhin in Grünberg. Aufgrund einer schweren Erkrankung ihrer Pflegemutter wurde Vera an eine andere Familie nach Hungen weitergereicht. Dort hatte sie es nicht gut. Das trat aber erst viele Jahre später zutage, als Vera bereits zehn Jahre alt war.

Die Pflegeeltern, die zwei eigene und drei Pflegekinder hatten, misshandelten die ihnen anvertrauten Kleinen, sperrten sie in den Keller und gaben ihnen nur das Nötigste zu essen und zu trinken, damit sie in annehmbarer körperlicher Verfassung blieben. Bei den wenigen angekündigten Kontrollbesuchen der Jugendamtsmitarbeiter wurde den Geschöpfen eingebläut, zu lächeln und so zu tun, als ob sie glücklich und gut untergebracht seien. Sie erhielten hübsche Kleidung. Die Pflegeeltern zeigten den Kontrolleuren des Jugendamts die mit allem Komfort eingerichteten Zimmer ihrer eigenen Kinder. In einem stand ein Etagenbett, im anderen befanden sich drei Jugendbetten. So mutete es an, als teilten sie sich die Räume mit den Pflegekindern. Waren die Jugendamtsmitarbeiter wieder weg, wurde alles in den vorherigen Zustand zurückversetzt.

Erst acht Jahre später war auf Drängen einer jungen Sozialpädagogin eine nicht angekündigte Kontrolle bei den Hungener Pflegeeltern vorgenommen worden. Da flog dann alles auf. Der Sozialpädagogin war damals neu im Jugendamt. Ihr war beim Studium der Akten eine Besonderheit aufgefallen. Die Pflegekinder der Hungener Familie waren auffallend oft wegen Knochenbrüchen und Infektionskrankheiten in ärztlicher Behandlung.

Vera und ihre anderen beiden Leidensgenossen kamen in jeweils neue Pflegefamilien. Das Ehepaar wurde zu einer Freiheitsstrafe verurteilt. Für Vera bedeutete es ein großes Glück, in ein Umfeld zu geraten, das ihr ein hohes Maß an Zuneigung und Bildung bot. Sie kam in psychologische Behandlung und lebte in einer Familie, die ihr eine höhere Schulbildung ermöglichte. Der Pflegevater, zunächst in einem Unternehmen in Gießen tätig, wechselte als Geschäftsführer eines metallverarbeitenden Betriebs nach Würzburg. Die Pflegemutter war Erzieherin, hatte zunächst eine Kinderkrippe in Gießen betreut und war nach dem Umzug in einer Kita als stellvertretende Kindergartenleitung tätig. Das Ehepaar adoptierte Vera, nachdem die leibliche Mutter, Elisabeth Grundmann, ihre Zustimmung gegeben hatte. Wie Ludenbeck dem Gutachten des Psychologen entnehmen konnte, handelte es sich bei Vera um eine kühle, äußerst beherrschte Persönlichkeit, die mit großer Zielstrebigkeit vorging, um ihre Vorhaben zu verwirklichen.

Ihre Adoptiveltern waren auf tragische Weise ums Leben gekommen, als Vera noch zur Schule ging und eine Ferienfreizeit auf Rügen verbrachte. Sie waren in ihrem eigenen Keller verdurstet. In dem knappen Polizeibericht war nachzulesen, das Paar war im Fahrradkeller gefunden worden. Offensichtlich wollten die beiden eine Radtour machen, während Vera auf Rügen war. Sie hatten sich im selben Zeitraum Urlaub genommen. Die Untersuchung hatte ergeben, dass die Tür des Raumes sich verkantet hatte und von innen nicht mehr zu öffnen war. Vera hatte die Polizei alarmiert und angegeben, sie könne ihre Eltern nicht finden, obwohl sie schon lange aus dem Urlaub zurück sein müssten. Den Fahrradkeller könne sie nicht öffnen. Sie habe nachsehen wollen, ob sich ihre Fahrräder an Ort und Stelle befänden. Ein tragischer Unglücksfall, wie der Würzburger Kollege am Schluss des Berichtes geschrieben hatte.

»Das war kein Unglücksfall!«, dachte Ludenbeck laut und las nun weiter im Bericht des Psychologen, der Vera Reis bis zur Volljährigkeit betreut hatte. Wegen ihrer Vergangenheit und ihrer traumatischen Erlebnisse war der Verdacht einer psychischen Schädigung nicht auszuräumen. Vera war damals 17 Jahre alt und wurde nach dem Tod ihrer Eltern in einer betreuten Wohngemeinschaft untergebracht. Ein Vormund verwaltete das Vermögen. Sie bestand ihr Abitur als Jahrgangsbeste. Mit 18 Jahren konnte sie dann über das Erbe ihrer Adoptiveltern verfügen. Sie verließ die Wohngemeinschaft und zog in das Haus der toten Adoptiveltern ein. Ein weiteres Haus in Obernburg, das die Eltern als Ruhesitz nutzen wollten und kurz vor ihrem Tod gekauft hatten, gehörte ebenfalls zum Erbe. Damit endete die Zusammenfassung über Vera Reis. Das Haus in Obernburg war jenes, das sich nur wenige Meter von Judiths Wohnung befand und in dem sie gefangen gehalten wurde.

Weitere Fakten las er in einem Zeitungsinterview von Judith, die Vera Reis nach der Wahl in den Stadtrat zu deren Vita befragt hatte: Studium der Sozialpädagogik in Würzburg, zunächst als Jugendsozialarbeiterin in einer Würzburger

Grundschule tätig, dann die Bewerbung für die Stelle im Erlenbacher Jugendhaus. Wohnungssuche in Obernburg. Auf Judiths Nachfrage, warum sich Vera gerade für den frei gewordenen Platz in Erlenbach beworben hatte und nicht dort, sondern in Obernburg eine Wohnung suchte, hatte Vera Reis wörtlich erklärt: »Die Rahmenbedingungen für die Arbeit im Jugendhaus sind ideal. Ich kann mit den Kindern und Jugendlichen Projekte entwickeln und mir in Absprache mit den Kollegen und Kolleginnen meine Arbeitszeit frei einteilen«

Obernburg als Wohnort empfinde sie »cooler« als Erlenbach, weil es dort unter anderem die Kleinkunstbühne gäbe und ihr die Altstadt gefalle. Kurz nachdem Vera Reis in Obernburg Fuß gefasst hatte, erfolgte die Gründung eines Vereins für die Betreuung von Jugendlichen aus prekären sozialen Verhältnissen und die Wahl in den Stadtrat. Das geerbte Haus in der Siegfriedstraße hatte Vera Reis in dem Interview nicht erwähnt. Sie hatte ebenfalls verschwiegen, dass ihre Adoptiveltern ums Leben gekommen waren.

Ludenbeck war klar, warum sie nicht in die Siegfriedstraße gezogen war, in den geplanten Altersruhesitz ihrer toten Adoptiveltern. Dieses Haus hätte erst aufwendig renoviert werden müssen. Es war aber ein idealer Platz, um Judith dort einzusperren und sie wie die Adoptiveltern auf subtile und grausame Art umzubringen. Die Nachbarn interessierte nicht, was es mit dem Haus auf sich hatte, wem es gehörte und warum es schon seit Jahren unbewohnt war. Viele Menschen im Obernburger Neubaugebiet lebten in ihrem eigenen Mikrokosmos, abgeschirmt von der Außenwelt mit hohen Mauern oder dichten Hecken, die keinen Blick ins Allerheiligste zuließen. Die meisten kümmerten sich nicht darum, was um sie herum geschah. Sie hatten kein Bedürfnis, soziale Kontakte zu knüpfen und Empathie für andere zu entwickeln.

»Es wird wohl noch lange dauern, bis alle Zusammenhänge geklärt sind«, brummte Ludenbeck und stellte das Philosophieren ein.

Kommissar Zufall und Judiths Spürnase schafften es aber, den Fall schneller zu lösen als gedacht.

Kapitel 24

Es wurde bereits dunkel, als Judith erwachte. Sie musste sich nachmittags immer hinlegen, weil sie völlig erschöpft war. Die letzten Tage waren nicht spurlos an ihr vorübergegangen. Es dauerte eine Weile, bis sie zu sich kam und registrierte, wo sie war. Paula lag auf dem Teppich neben dem Sofa und schlief. Nachdem Vera Reis zum zweiten Mal versucht hatte, ihr das Leben zu nehmen, hatte sie Anselm den Zweitschlüssel zu ihrer Wohnung gegeben. Schließlich wusste niemand, wo sich Veras Mutter befand und ob sie möglicherweise ihre Verbündete und ebenso mordlüstern war.

Judith war sich sicher, Vera Reis hatte alle Morde geplant und ausgeführt. Sie hatte ein Motiv und auch die Zeit. Als Mitarbeiterin im Jugendhaus konnte sie sich ihre Arbeitszeit in Absprache mit den Kollegen einteilen. Im Verein wurde sie nur sporadisch gebraucht, wenn ein Jugendlicher mal großen Mist gebaut hatte und Veras sozialpädagogisches Geschick gefragt war. Aber wie hatte Vera entdeckt, dass Reinfried Bärbach ihr Erzeuger war? Hatte sie das in jahrelangen Recherchen herausgefunden oder war sie per Zufall auf ihn gestoßen? Solange Vera Reis beharrlich schwieg, würde das nie ans Licht kommen.

Judith erhob sich und ging in ihr Arbeitszimmer, um Ludenbeck anzurufen. Ihr Blick fiel auf ein Foto, das sie achtlos zur Seite geschoben hatte. Es war nur die Hälfte eines Porträts zu sehen. Die andere Hälfte war mit einer Zeitschrift zugedeckt.

»Mein Gott!«, entfuhr es Judith.« Warum ist mir das nicht vorher aufgefallen?!« Sie wählte Ludenbecks Büronummer, denn er war bestimmt noch dort. Er meldete sich nach dem zweiten Klingelzeichen. »Na, meine Kleine, ausgeschlafen?«

»Woher weißt du, dass ich es bin?«, fragte Judith.

„Aber Judith, ich habe deine Nummer gespeichert – und außerdem kenne ich alle deine Telefonnummern auswendig. Sogar deine zweite Handynummer!«

»Ich muss dir etwas zeigen, Anselm. Es ist wichtig, denn es kann die Lösung des Rätsels um den Mord an Bärbach sein. Glaube ich jedenfalls.«

»Gut, ich mache jetzt Schluss und komme zu dir«, antwortete Ludenbeck. »Wird aber noch mindestens eine Dreiviertelstunde dauern, denn ich muss noch etwas ausdrucken, das ich dir gerne mitbringen möchte.«

»Ich warte auf dich, mein Lieber!«

Judith zog das Foto unter der Zeitschrift hervor und klappte ihren Laptop auf. Sie startete den tragbaren Computer und ging ins Suchprogramm. Nachdem sie das Schlüsselwort zu der gesuchten Datei eingegeben hatte, öffnete sich ein Fenster, das mehrere Dateien anzeigte. Sie klickte das Symbol der Grafikdatei an. Ein großes Porträtfoto erschien auf dem Bildschirm. Judith zog den Bildausdruck auf dem Schreibtisch näher zum Bildschirm und verglich die digitale Aufnahme mit dem Papierbild. Ohne Zweifel, die Ähnlichkeit war verblüffend. Sie las den Text, der zu dem Bild im Computer gehörte. Es war das Interview, das sie mit Vera Reis geführt hatte. Judith wechselte in eine Bildbearbeitungssoftware, mit der sie Gesichtern ein beliebiges Alter verpassen kann.

Als Ludenbeck endlich kam, war fast eine Stunde verstrichen. Als Judith ihn im Treppenhaus mit dem Schlüssel klimpern hörte, stand sie auf. Sie wollte ihm entgegengehen. Er war der Fels in der Brandung, gab ihr Sicherheit, Mut und Vertrauen. Dieses Gefühl der Vertrautheit hatte sie bisher nicht gekannt. Sie hätte vorher nie gedacht, wie viel Feinfühligkeit in Ludenbeck steckte.

Er hatte gerade die Türe geöffnet und füllte mit seiner bärigen Gestalt den Türrahmen aus.

»Endlich!«, rief Judith und warf sich ihm an die Brust. Ludenbeck schlang seinen linken Arm um sie und hob mit der rechten Hand ihr Kinn an, um ihr einen langen Kuss auf die Lippen zu drücken.

»Das hat gutgetan«, kommentierte Judith. Als sie sich aus der Umarmung gelöst hatte, nahm sie Ludenbeck an der Hand und führte ihn in ihr Arbeitszimmer. Sie signalisierte ihm, er möge ihren

Bürosessel benutzen. Er ließ sich darauf nieder. Sie glitt neben ihn auf einen Hocker, den sie immer in greifbarer Nähe ihres Schreibtisches stehen hatte. Ludenbeck zeigte ihr den Ausdruck, den er zusammengerollt in der Jackentasche stecken hatte. Er faltete die zwei Bögen auseinander und legte sie vor Judith auf den Schreibtisch. Darauf waren die Informationen über Vera Reis zusammengefasst, die er recherchiert hatte. Sie las sie aufmerksam.

»Jetzt schau dir das mal an!«, sagte Judith, drehte den Laptop in ihre Richtung und enthüllte mit einer Tastenkombination, was sie mit der Bildbearbeitungsapp gezaubert hatte. Sie schob das Gerät wieder zu Ludenbeck hin.

»Kannst du mir sagen, wer das ist?«

»Das ist eindeutig Vera Reis«, antwortete Ludenbeck.

»Falsch!« Judith schüttelte den Kopf. »Das ist Reinfried Bärbach in jungen Jahren!«

Sie erklärte dem verblüfften Kriminalbeamten, wie sie die frappierende Ähnlichkeit entdeckt hatte und mit der Verjüngungsapp die Bestätigung erhielt. »Hier, siehst du den Leberfleck am Haaransatz? Den hatte Bärbach und den hat auch Vera an der gleichen Stelle. Die Gesichtsform, die Nase, der Mund, die Augen ..., wie aus einem Guss.«

»Vera Reis muss diese Ähnlichkeit auch aufgefallen sein. Wenn man eins und eins zusammenzählt und weiß, wie stringent Vera Reis ihre Ziele verfolgt, dann steht für mich fest: Sie hat schon vor uns und zu seinen Lebzeiten herausgefunden, dass Bärbach ihr Erzeuger war und ihn deshalb eiskalt abserviert.« Judith schnippte mit den Fingern, um ihre Überzeugung deutlich zu machen.

»Leider können wir es nicht beweisen«, sagte Ludenbeck, »aber das werden wir auch noch schaffen.«

Sie schafften es. Zwei Tage später hatte die Gießener Polizei Elisabeth Grundmann gefunden. Dank der Ermittlungen im Umfeld der Gesuchten stießen die hessischen Kollegen auf eine Jagdhütte in der Nähe von Herbstein, in der sich die Frau schon seit Tagen aufhielt. Eine ihrer Kolleginnen hatte zufällig aufgeschnappt, wie Elisabeth Grundmann von einem Ausflug erzählt und die Jagdhütte dabei erwähnt hatte. „Sie war wohl öfter dort", hatte die Kollegin gemeint.

Elisabeth Grundmann schien es nicht zu berühren, als sie von der Polizei abgeholt wurde. Sie hatte keinen Widerstand geleistet. Volker Gries hatte seinen Aschaffenburger Kollegen sofort angerufen, ihm von der Festnahme berichtet und ihn eingeladen, die Vernehmung gemeinsam durchzuführen. Die Schwalmstadter Kollegin wäre dann auch mit im Boot.

So hörten sich die drei Kriminalhauptkommissare die ganze Geschichte an, deren Wurzeln in der

Vergangenheit lagen. Die Früchte ihres Baumes jedoch waren wie Fallobst, wie saure Äpfel, erst in der Gegenwart gefallen. Elisabeth Grundmann erzählte alles, was sie wusste.

Vera Reis hatte mit ihrer Mutter Kontakt aufgenommen, als sie bei ihren späteren Adoptiveltern in Gießen wohnte. Danach hatte sie regelmäßig mit ihr telefoniert und sie auch häufiger besucht. Als Vera älter wurde, hatte ihr Elisabeth Grundmann erzählt, wie es zur Zeugung gekommen war und dass sie Vera zur Adoption freigegeben hatte, um ihr ein besseres Leben zu bieten. Vera sei entsetzt gewesen, als sie erfuhr, ihre Adoptiveltern hatten alles gewusst: den Umstand ihrer Zeugung und die entsetzliche Zeit bei den Pflegeeltern in Hungen.

»Sie hat immer wieder gesagt: ›Diese Schweine, sie haben mich belogen und betrogen.‹ Ja und dann, viel später, habe ich erfahren, wie beide gestorben sind.« Elisabeth Grundmann sprach mit leiser Stimme und nahezu ohne Betonung.

»Vera war immer etwas aufgedreht. Sie hat mich gebeten, ihr Beruhigungsmittel zu besorgen, die man auch intrakutan oder intramuskulär spritzen kann, weil sie dann schneller wirken. Das war für mich kein Problem. Diese Mittel hat sie dann auch noch anderweitig gut gebrauchen können.«

Ludenbeck seufzte, Volker Gries griff sich an die Stirn und Karin Blessow zog die fein gezupften Augenbrauen hoch.

Elisabeth Grundmann berichtete weiter: »Als dann Bärbach nach Obernburg kam, war Vera völlig aus dem Häuschen. Sie hat die Ähnlichkeit sofort bemerkt, als sie ihn sah. Der Leberfleck und das ganze Äußere. Er übrigens auch. Vera hat mich noch spät abends angerufen. Es bestand eigentlich kein Zweifel. Bärbach musste derjenige gewesen sein, der mich halb totgeschlagen und vergewaltigt hatte. Er war ja damals in Grünberg, hat mir nachgestellt und mich bedrängt. Ich habe ihn aber immer wieder abgewiesen.« Sie blickte nach oben, als ob sie von dort eine Eingebung erhoffte.

»Um auf Nummer sicher zu gehen, hat Vera heimlich einen Test machen lassen. Sie hat es sehr raffiniert angestellt, um an die Probe zu kommen. Mit einem Haar, das sie Bärbach bei einer Sitzung im Vorbeigehen ausriss. Ein ehemaliger Freund, der Vera noch einen Gefallen schuldig war, hat dann die Proben im Genlabor untersucht, für das er arbeitet. Vera hat mir dann erzählt, wie sie es anstellen wird, um mich zu rächen. Sie wusste, dass Bärbach morgens im Wirtshaus frühstückt. Sie hatte sich einige Tische hinter ihn gesetzt, um nicht von ihm gesehen zu werden. Das Rizin hat sie im Vorbeigehen in seinen Kaffee gestreut, als er auf der Toilette war.«

Elisabeth Grundmann räusperte sich und sprach weiter: »Vera war mein Verhältnis mit Arthur ein Dorn im Auge. Sie hat mir vorgeworfen, ich lasse mich von ihm ausnutzen, und er sei ein Scheißkerl, dem sie es noch heimzahlen werde. Sie hat gesagt, sie habe eine kleine Überraschung vor, und hat mich gebeten, mitzumachen. Arthur hatte seinen Besuch angekündigt. Vera hat eine Gummipuppe gekauft und in meinem Badezimmer drapiert. Wir haben es dann so aussehen lassen, als sei ich entführt worden. ›Der Scheißkerl wird einen schönen Schock bekommen‹, hat sie gesagt. Vera hat mich nach Herbstein in die Hütte gefahren und mich gefragt, ob ich wüsste, wo Arthur am nächsten Tag sein wird, ob und wo er übernachtet. Ich kannte natürlich seine Tour und habe es ihr erzählt. Sie kam dann später zu mir in die Hütte und war ganz stolz, ihn mit einer Überdosis Kaliumchlorid zur Strecke gebracht zu haben. Das bekommt man ja in jeder Apotheke, sogar im Internet. Naja, dann kam ihr die Reporterin in die Quere. Den Rest wissen Sie ja!«

Elisabeth Grundmann zeigte nicht die geringste Gefühlsregung, als sie die Horrorgeschichte von Veras Mordserie erzählte.

Ludenbeck hatte in den Akten geblättert und war bei dem Bericht über die Untersuchung des Leichenfunds in der Apfelplantage stehen geblieben. »Der Akku von Bärbachs Handy hatte keinen Saft mehr«, stellte er fest. »Wie ist es Ihrer Tochter gelungen, den Akku auszutauschen?«

»Davon hat sie nichts erzählt. Davon weiß ich nichts«, antwortete Elisabeth Grundmann.

»Sagen Sie mal, Sie haben aber sonst alles gewusst und keinen Finger gekrümmt, um Vera zu stoppen oder wenigstens die Polizei zu alarmieren«, entfuhr es Karin Blessow.

»Mein Leben ist doch sowieso ruiniert. Seit damals fühle ich nichts mehr. Keine Freude, keine Trauer, nichts. Sie ist meine Tochter, sie fühlt noch und handelt danach. Für sie war alles richtig und wichtig.«

Die Beamten sahen die Vernehmung als beendet an und ließen Elisabeth Grundmann von einer Kollegin abführen. »Eine bedauernswerte Frau«, sagte Karin Blessow. Die beiden Männer nickten zustimmend.

Aber, was war mit Bärbachs Handy? Darüber grübelte Hauptkommissar Anselm Ludenbeck lange nach. Eine Frage, die auch im Prozess nicht geklärt werden konnte. Vera Reis schwieg weiter und sagte kein Wort. Ihrer Mutter hatte sie alle Details ihres Vorgehens erzählt. Warum sollte sie also gerade die Geschichte mit dem Handy verschwiegen haben? Vielleicht hatte Bärbach einfach nur versäumt, den Akku aufzuladen. - Ja, so musste es gewesen sein.

Der Gerichtsprozess vor dem Landgericht Aschaffenburg war spektakulär, ein echtes Medienspektakel. Sogar in den »Tagesthemen« und im »Heute-Journal« wurde darüber berichtet. Nahezu in allen bedeutenden Tageszeitungen, der Süddeutschen, der Frankfurter Allgemeinen, der Welt und dem Blatt mit den vier großen Buchstaben, schaffte es die »eiskalte Lady«, wie Vera Reis genannt wurde, in die Schlagzeilen. Der Bekanntheitsgrad Obernburgs wurde durch die Berichterstattung über den Prozess und die Hintergründe des Verbrechens deutlich gesteigert, was allerdings nicht gerade im Interesse der politisch Verantwortlichen lag.

Im Stadtrat waren das Ergebnis der Ermittlungen und der Prozess Anlass für zahlreiche Spekulationen über Vera Reis und ihr verkorkstes Leben. «Es wird noch viel Wasser den Main hinabfließen, bis wir wieder zur normalen Tagesordnung zurückkehren können«, hatte der Bürgermeister in einem Interview mit dem Main-Boten gesagt. Der Rathauschef gab zu, dass er geschockt war.

»Ich kann es immer noch nicht glauben. Frau Reis hat einen durchweg sympathischen Eindruck gemacht. Sie war für mich das Sinnbild einer kompetenten und engagierten Stadträtin, die sich für andere einsetzt, das Wohl der Stadt und seiner Bürger im Auge hat.« Das Interview hatte Dieter Murr geführt.

Judith war als Zeugin vor Gericht vernommen worden. Sie war bei der Befragung in Tränen ausgebrochen. Die noch frischen Erinnerungen an die Gefangenschaft im Kellerverließ und dann an den zweiten Mordanschlag in ihrer Wohnung hatten tiefe Wunden hinterlassen. Körperlich hatte Judith die Verletzungen gut weggesteckt, aber ihre Seele blutete noch. Sie befand sich in psychotherapeutischer Behandlung bei einer Ärztin.

Schon bei der ersten Sitzung hatte sie Judith erklärt: »So etwas lässt sich nicht einfach wegstecken. Es wird eine lange Zeit dauern, bis Sie diese Traumata überwunden haben. Vielleicht geschieht das auch nie. Sie sollten sich überlegen, den Beruf zu wechseln. Die Erinnerungen werden immer wieder kommen, gerade bei Ihrer Arbeit als Journalistin.«

»Ich werde darüber nachdenken«, hatte Judith geantwortet. Das Texten und Schreiben wollte sie allerdings nicht aufgeben. Möglicherweise half das Zusammenfassen ihrer Erlebnisse, die schlimmen Erinnerungen loszuwerden, wenigstens, sie zu kompensieren.

Die Ärztin hatte ihr dies bestätigt. »Über die Ängste zu reden und das Erlebte aufzuschreiben, das ist ein guter Weg, um die Seele zu befreien.«

Mit Anselm Ludenbeck hatte Judith einen Partner an der Seite, der mit viel Feingefühl vorging und sie spüren ließ, wie wichtig sie ihm war. Das hätte sie ihm vormals nie zugetraut, so ruppig, wie er sich sonst seinen Mitmenschen gegenüber gebärdete. Seine raue Art war vermutlich ein Schutzschild, das er ablegte, wenn er mit Judith zusammen war. Das Vertrauen, das beide verband, machte ihn stark.

Vera Reis wurde erwartungsgemäß nicht zu einer Gefängnisstrafe verurteilt, sondern im Rahmen eines Maßregelvollzugs in eine forensisch-psychiatrische Klinik eingewiesen. Ihrer Mutter, die laut Gutachten ebenfalls psychisch krank war, aber nicht zur Gewalttätigkeit neigte, wurde Schuldunfähigkeit zuerkannt. Sie hatte sich lediglich in die Obhut eines Facharztes zu begeben, um sich psychiatrisch behandeln zu lassen. Ihre Tätigkeit als medizinische Assistentin würde sie wohl jetzt nicht mehr ausüben können.

Mit fünfunddreißig Jahren musste sich Judith überlegen, wie ihr Leben nun weitergehen sollte. Zunächst war sie krank geschrieben. Sie benötigte diese Zwangspause auch, um wieder zu Kräften zu kommen. Das zu tun, was ihrer Seele guttat. Sie saß mit angewinkelten Beinen auf ihrer Mümmel-Couch im Wohnzimmer und blätterte in einem Bildband von Josef Geffers mit berauschenden Ansichten von der Eifel, die er mit seiner Hasselblad aufgenommen hatte. Paula lag ihr zu Füßen und döste. »Die Eifel, Paula, die wäre auch was für uns, um Urlaub zu machen«, sagte Judith. «Anselm können wir ja mitnehmen. Er hat es sich verdient.«

Epilog

Als Judith den Wind spürte, der kraftvoll über ihre Haut und durch ihre Haare strich, wurde sie von dem Gefühl erfüllt, endlich ihren Weg gefunden zu haben, in der Heimat angekommen zu sein. All das, was ihr vor dem einschneidenden Erlebnis, dem Tod ins Auge zu blicken, so wichtig erschienen war, hatte sich in Bedeutungslosigkeit aufgelöst.

***

Im Hier und Jetzt zu leben, mit ihrer Hündin Paula über die Felder und durch die Wälder zu streifen, sich den Wind um die Nase wehen zu lassen und den Duft der Natur aufzunehmen, das war das höchste Glück.

Sie würde sich nicht mehr von dem Druck aufreiben lassen, dem sie als freie Mitarbeiterin eines Lokalblatts seit Jahren unterworfen war. Die Digitalisierung der medialen Welt hatte diesen Druck verschärft, der auch auf den verantwortlichen Redaktionsleitern und den fest angestellten Redakteuren lastete. Sie gaben ihn dann oft nach unten weiter. So wie Dieter Murr, der permanent schlecht gelaunte Blattmacher. Eigentlich mochte Judith ihn, denn im Grunde genommen war er ein netter Kerl. Aber die Verantwortung und die ständig neuen Vorgaben aus der Chefetage des Verlags hatten ihn zu einem Miesepampel werden lassen. Eine Exklusivstory zu schreiben, die Furore machte, war der Traum eines jeden Journalisten und Blattmachers. Aber der Preis war viel zu hoch. Judith hätte ihn beinahe mit dem Leben bezahlt. Jetzt, mit fünfunddreißig Jahren, war sie noch jung genug, um das Ruder herumzureißen und sich neu zu orientieren. Schreiben lag ihr im Blut.

Texte zu verfassen, Situationen und Gefühle zu beschreiben, war von jeher ihre Leidenschaft. Ihr war bewusst geworden, dass sie sich nicht mehr in der Tretmühle des freiberuflichen Journalismus zerreiben lassen wollte.

Sich als Texterin für Produktbeschreibungen von Kaffeemaschinen oder überteuerte und meist wirkungslose Mittel zur Gewichtsabnahme zu verdingen, war für sie ebenfalls eine Horrorvorstellung. Lange genug hatte sie sich mit solchen Aufträgen gequält, um ihre schmale Kasse zu füllen, damit sie wenigstens ihre Miete, das Futter für Paula, Benzin und Versicherung für ihren Kleinwagen zahlen konnte.

Zu oft war sie gezwungen gewesen, die Nacht zum Tage zu machen, um fristgerecht die in Auftrag gegebenen Texte abliefern zu können.

»Nix mehr, niente!«, sagte sie laut und zu Paula gewandt: »Wir werden jetzt nur noch das tun, was uns wichtig und richtig erscheint. Das Leben ist viel zu wertvoll, um sich von mürrischen Redaktionsleitern und profitgeilen Auftraggebern in die Zange nehmen zu lassen.« Das hatte sie bei ihrer Arbeit am meisten genervt.

Auf eine erstaunlich angenehme Art erschöpft kehrte Judith in ihre Wohnung zurück. Sie war den ganzen Weg zu Fuß gegangen, hatte ihr Auto auf dem Parkplatz vor dem Haus stehen lassen. Sie zapfte aus dem Wasserhahn in der Küche frisches Wasser in den dafür vorgesehenen Napf, holte eine Hundefutterdose aus dem Vorratsschrank, öffnete sie und füllte die Hälfte in den Fressnapf, nachdem sie Paula von der Leine und sich selbst von den Wanderschuhen befreit hatte. Eine Weile schaute Judith zu, wie Paula genüsslich und voller Inbrunst das Hundefutter vertilgte und zwischendurch vom Wasser schlabberte.

Sie holte sich ein Glas aus dem Wandschrank über der Spüle und füllte es mit Mineralwasser aus dem Kühlschrank. In zwei Zügen trank sie es leer und goss Wasser nach. Mit dem vollen Glas ging sie in ihr kleines Arbeitszimmer, setzte sich an den Schreibtisch, klappte den Laptop auf, gab das Passwort ein, startete das Textprogramm und begann zu schreiben, um ihren Roman zum Abschluss zu bringen.

Sie hatte bereits sieben Kapitel verfasst und überarbeitet. Es war eine spannende Geschichte, ihre Geschichte, die sie in ein Buch packen wollte. Ja, Bücher zu schreiben, das war Judiths Profession. Über ihre finanzielle Situation würde sie sich später Gedanken machen. Zunächst war sie krankgeschrieben, wegen der körperlichen und seelischen Verletzungen, die sie davongetragen hatte. Dank der Künstlersozialkasse erhielt sie Krankengeld.

Womöglich wurde sie auch in eine Reha-Maßnahme gesteckt, musste Gruppentherapien und Einzelgespräche über sich ergehen lassen. Das würde sie ertragen, denn das war allemal besser als die Tretmühle, in der sie über Jahre gesteckt hatte, ganz zu schweigen von dem Druck, immer schneller, immer besser als andere zu sein.

Es gab ja auch noch Anselm, mit dem sie mehr als Freundschaft verband. Er war zu einem bedeutenden Faktor ihres Lebens geworden. Das Alter spielte keine Rolle. Sie war zwar knapp dreißig Jahre jünger als er, aber das nahm sie kaum wahr. In wenigen Wochen würde er seine Ruhestandsurkunde in Händen halten. Dann konnten sie viel gemeinsame Zeit miteinander verbringen. Das mit der Leidenschaft klappte ja recht gut. »Leidenschaft verfliegt. Was bleibt, ist die Zuneigung und das, was miteinander verbindet,« dachte Judith.

Danke!

Die Idee zu diesem Buch hat lange in meiner Schreibtischschublade geruht. Insgesamt hat es mehr als vier Jahre gedauert, um das Projekt zum Abschluss zu bringen. Der innere Schweinehund lag manchmal faul in der Ecke, hatte bisweilen nicht die Inspiration, die Geschichte weiterzuspinnen. Es fehlte auch oft die Zeit, die Ideen in Worte zu fassen, die gerade in meinem Kopf herumspukten. Die Notizen lagen monatelang unberührt auf, unter oder neben dem Schreibtisch, bis ich sie wieder in die Hand nahm, um die Geschichte weiterzuschreiben. Die handelnden Personen entwickelten oft ein Eigenleben, entfernten sich aus der von mir ausgedachten Handlung. So kamen auch für mich überraschende Wendungen heraus, die von meiner Lektorin Alice Scharrer wieder in die richtigen Bahnen gelenkt wurden. Vielen Dank dafür und für die aufmunternden Anmerkungen zu den Korrekturen, die mir häufiger ein Lächeln entlockten.

Den Text und das Cover in eine ansprechende Form zu bringen, dies war der Part von Stefan Weber, dem ich für seine Geduld und seine professionelle Vorgehensweise danke.

Vielen Dank auch meiner Familie, der ich während des Schreibens meine Kochkünste vorenthielt, es »schnell, schnell« gehen musste, weil ich mehr Zeit am Schreibtisch als am Herd verbrachte und mich auch sonst häufiger zurückzog, um diesen Roman zu vollenden. Den Lesern dieses Buches danke ich für ihr Wagnis, sich auf den Inhalt der Geschichte einzulassen. Wenn sie – wie ich hoffe - noch mehr Gedrucktes über Judith Welser und Kriminalhauptkommissar Ludenbeck zu lesen wünschen, versichere ich, es wird nicht der letzte Provinzkrimi über die beiden sein. Die Ideen zu weiteren Ermittlungen haben bereits Formen angenommen. Es wird auch nicht wieder vier Jahre dauern, bis das Buch vollendet sein wird. Versprochen!

Ruth Weitz, im August 2016

Glossar

Orte und Landschaften, in denen die Handlung des Krimis «Saure Äpfel« angesiedelt ist.

Aschaffenburg

Die Hochschulstadt am bayerischen Untermain wird wegen ihrer mediterranen Ausstrahlung auch »Nizza am Main« genannt. Als kreisfreie Stadt mit knapp 70.000 Einwohnern ist sie das Zentrum im Norden des Bezirks Unterfranken und Teil der Metropolregion Rhein-Main. Wie in den Geschichtsblättern nachzulesen ist, wurde Aschaffenburg im fünften Jahrhundert von den Alemannen gegründet. Doch bereits in der Steinzeit befand sich hier eine Siedlung, wie kulturgeschichtliche Funde aus dieser Epoche belegen.

Grünberg/Hessen

Die Geschichte der Stadt Grünberg im Landkreis Gießen reicht bis ins zweite Jahrhundert zurück. Bereits im Jahr 186 wird die Burg Grünberg (Castrum Gruninberc) erstmals urkundlich erwähnt. Stadtstatus genießt die oberhessische Kommune seit 1222 und war im 19. Jahrhundert sogar zeitweilig Kreisstadt. Heute ist Grünberg ein attraktiver Wohn- und Einkaufsort mit mittelalterlichem Stadtkern auf dem grünen Berg. Im Jahr 1980 richtete die Stadt den Hessentag aus. Staatlich anerkannter Luftkurort ist die Kommune seit 1983 und hat seit der hessischen Gebietsreform insgesamt dreizehn Stadtteile mit mehr als 13.600 Einwohnern.

Obernburg am Main

Obernburg liegt im Maintal zwischen Aschaffenburg und Miltenberg an der Bundesstraße 469. Es ist das Tor zum Odenwald an der bayerisch-hessischen Grenze. Die Stadt mit knapp 8.500 Einwohnern (inklusive Stadtteil Eisenbach) wird wegen ihres Standortes auf einem ehemaligen Römerkastell und der bedeutsamen Funde aus dieser Ära auch Römerstadt genannt. Bis 1803 war Obernburg dem Mainzer Kurfürstentum unterstellt, ging danach zum neu gegründeten Fürstentum Aschaffenburg über, das dann wiederum im Großherzogtum Frankfurt aufging. Im Jahr 1814 kam Obernburg zum Königreich Bayern, war bis zur bayerischen Gebietsreform Verwaltungssitz des gleichnamigen Landkreises Obernburg und gehört heute dem Landkreis Miltenberg an.

Schwalmstadt/Hessen

Schwalmstadt ist mit knapp 18.000 Einwohnern die größte Stadt im nordhessischen Schwalm-Eder-Kreis, allerdings keine Kreisstadt. Kreissitz ist Homberg an der Efze. Schwalmstadt ist ein Gebilde der hessischen Gebietsreform, als 1970 die beiden Städte Treysa und Ziegenhain (ehemals Kreisstadt) mit den umliegenden Dörfern vereint wurden. Am Westrand des Knüllgebirges gelegen, befindet sich Schwalmstadt mit den angegliederten Stadtteilen in der Landschaft der westhessischen Senke, in der »Schwalm«, die auch für den Namen der Kommune verantwortlich ist.

Wetterau

Die Wetterau ist eine der ältesten Kulturlandschaften Deutschlands zwischen Frankfurt am Main, Taunus und Vogelsberg. Wegen seiner fruchtbaren Böden wurde das Gebiet schon in der Jungsteinzeit besiedelt, wovon zahlreiche kulturhistorische Funde zeugen. Herausragende Bedeutung haben das Grab aus der Bronzezeit, das in der Nähe des Wölfersheimer Bahnhofs gefunden wurde und die keltischen Funde vom Glauberg. Viele bedeutsame Fundstücke dieser Zeit sowie aus anderen historischen Epochen sind im Wetterau-Museum in Friedberg und in der Keltenwelt am Glauberg ausgestellt

Über den Verlag

Die Verlagsgründung mit Sitz in Obernburg am Main erfolgte 2015 aus der Absicht heraus, Leser mit schönen und unterhaltsamen Büchern zu erfreuen. Der Schwerpunkt der Inhalte liegt auf dem regionalen Bezug. Die Landschaft, die Erzeugnisse, die Menschen zwischen Spessart und Odenwald, entlang des Maintals bis hin zu angrenzenden Gebieten, spielen darin eine Rolle. »Aus der Region, für die Region« bezieht sich auch auf die Vergabe von Korrektorat, Layout, Druck. Es geht darum, Dienstleister und Betriebe zu unterstützen, die hier verwurzelt sind und dazu beitragen, die Wertschöpfung am Ort und im ländlichen Raum zu erhalten.

Weitz & Weitz

Ruth Weitz
Auf der Au 13
63785 Obernburg am Main
Telefon +49(0)6022 / 30450
Telefax +49(0)6022 / 30459
Internet: www.ruthweitz.com

Glücksmomente in Gelee und Konfitüre

von Ruth Weitz und Gaby Wengerter

156 Seiten,
Hardcover
Format 22,5 cm x 24,1 cm
ISBN 978-3-9817663-0-1
1. Auflage, November 2015
Preis: 26,90 €

Dieses bibliophil gestaltete Buch bereitet dem Auge Freude und streichelt die Seele. Darin zu blättern, sich inspirieren zu lassen, die Schönheit der Pflanzen, der Natur, die Rezepturen der außergewöhnlichen Marmeladenkreationen von Gaby Wengerter (Großwallstadt), die Eindrücke aus den Bildern und Geschichten von Ruth Weitz (Obernburg) aufzunehmen, bietet viele Impulse, selbst auf Entdeckungsreise zu gehen und auf die Details zu achten, die im Leben wichtig sind. Allen voran die Wertschätzung für alles Lebende und Lebendige. Der Sternekoch Ludger Helbig vom Restaurant »Auberge de Temple« in Johannesberg hat den Inhalt mit drei Rezepten für ein Menü ergänzt, bei denen er Marmeladen von Gaby Wengerter verwendet hat. Die in dem Buch enthaltenen Rezepte sind zur Nachahmung gedacht und als Impuls, selbst mit Zutaten zu experimentieren.

Zu beziehen direkt beim Verlag oder über den Buchhandel

Obernburg mit langen Wimpern

Ein etwas anderer Stadtführer von Ruth Weitz

88 Seiten,
zahlreiche Fotos im Vierfarbdruck
Hardcover
Format 12,5 cm x 17,5 cm
1. Auflage, März 2015
Preis: 9,90 €

Obernburg, eine Kleinstadt am letzten Schwanzhaar des bayerischen Löwen zur hessischen Grenze hin, liegt zwischen Aschaffenburg und Miltenberg. Das mittelalterliche Stadtbild mit seinen Türmen, mit noch erhaltenen Teilen der Stadtmauer ist mehr als einen Blick wert. Schon allein die römische Vergangenheit ist faszinierend und beeindruckend. Frauen haben meist eine andere Sichtweise als Männer, die Gebäude und Historie aus dem wissenschaftlichen Blickwinkel betrachten. Dieser Stadtführer ist zwar in erster Linie für Frauen gedacht, aber auch für Männer mit Fantasie und Herzensbildung. Beides ist die Grundlage dafür, das zu entdecken, was vielen Betrachtern verborgen bleibt: Eine Geschichte hinter der Geschichte, der Fantasie entwachsen, aber mit einer Betrachtung, die in die Tiefe geht und beleuchtet, wie sich Frauen aus heutiger Sicht in den verschiedenen Zeitepochen gefühlt haben mögen.

Dieses Büchlein, ursprünglich herausgegeben von der Edition Fin Gadar, ist nur noch direkt über den Verlag Weitz & Weitz zu beziehen.

Impressum

ISBN: 978-3-9817663-1-8
1. Auflage, August 2016
Verlag Weitz & Weitz
Auf der Au 13
63785 Obernburg am Main
Telefon: 06022 - 30450
Internet: www.ruthweitz.com

Umschlaggestaltung, Layout: Stefan Weber
Internet: www.shwmedia.net

Bildnachweis Umschlag:
Fotolia 64645583 © leekris
Fotolia 91177902 © d1sk

Korrektorat: Alice Scharrer
Internet: www.korrektar.de

Ressourcenschonend gedruckt in Deutschland
bei Druckerei Lokay e. K.
Königsberger Str. 3
64354 Reinheim
Internet: www.lokay.de